16	3	2	13
5	10	11	8
9	6	7	12
4	15	14	1

Coleção LESTE

Dezsö Kosztolányi

O TRADUTOR CLEPTOMANÍACO

e outras histórias de Kornél Esti

Tradução
Ladislao Szabo

editora■34

EDITORA 34

Editora 34 Ltda.
Rua Hungria, 592 Jardim Europa CEP 01455-000
São Paulo - SP Brasil Tel/Fax (11) 3811-6777 www.editora34.com.br

Copyright © Editora 34 Ltda., 1996
Tradução © Ladislao Szabo, 1996

A FOTOCÓPIA DE QUALQUER FOLHA DESTE LIVRO É ILEGAL E CONFIGURA UMA
APROPRIAÇÃO INDEVIDA DOS DIREITOS INTELECTUAIS E PATRIMONIAIS DO AUTOR.

Edição conforme o Acordo Ortográfico da Língua Portuguesa.

Imagem da capa:
Városligeti Müjégpálya, Budapeste, 1907, fotografia de Frigyes Schoch

Tratamento da imagem e colorização:
Cynthia Cruttenden

Capa, projeto gráfico e editoração eletrônica:
Bracher & Malta Produção Gráfica

Revisão técnica:
Nelson Ascher

Revisão:
Leny Cordeiro, Alberto Martins

1ª Edição - 1996, 2ª Edição - 2016 (3ª Reimpressão - 2024)

CIP - Brasil. Catalogação-na-Fonte
(Sindicato Nacional dos Editores de Livros, RJ, Brasil)

	Kosztolányi, Dezsö, 1885-1936
K88t	O tradutor cleptomaníaco e outras histórias de Kornél Esti / Dezsö Kosztolányi; tradução de Ladislao Szabo — São Paulo: Editora 34, 2016 (2ª Edição). 136 p. (Coleção Leste)
	Tradução de: Novellák
	ISBN 978-85-7326-617-7
	1. Literatura húngara. I. Szabo, Ladislao, 1958-2007. II. Título. III. Série.

CDD - 894.5

O TRADUTOR CLEPTOMANÍACO
e outras histórias de Kornél Esti

O tradutor cleptomaníaco	7
O dinheiro	13
O desaparecimento	25
A mentira	35
O manuscrito	39
O presidente	47
O chapéu	83
O pai e o poeta	87
O farmacêutico e ele	95
Miséria	99
O salva-vidas	107
O fim do mundo	119
A derradeira conferência	125
Sobre o autor	132
Sobre o tradutor	133

O TRADUTOR CLEPTOMANÍACO

Falávamos de escritores e poetas, de velhos amigos, com quem começamos a jornada, mas que depois se distanciaram e desapareceram. De quando em quando lançávamos um nome ao ar. Quem se lembra dele? Balançávamos a cabeça e um pálido sorriso se esboçava em nossos lábios. No espelho de nossos olhos surgia um rosto esquecido, uma carreira e uma vida perdidas. Quem sabe algo sobre ele? Viverá ainda? O silêncio respondia à pergunta. Neste silêncio, a coroa de flores de sua glória farfalhava, como farfalham as folhas no cemitério. Calávamo-nos.

Ficamos assim durante minutos, até que alguém evocou o nome de Gallus.

— Pobre sujeito — disse Kornél Esti —, encontrei-o anos atrás, mas já faz sete ou oito anos, sob condições muito tristes. Foi quando lhe aconteceu algo relacionado com uma novela policial, algo que também havia sido uma história policial, a mais emocionante e mais dolorosa que já vivi.

Porque vocês o conheciam, um pouco, ao menos. Era um garoto talentoso, eletrizante, intuitivo, consciencioso e culto também. Falava várias línguas. Sabia inglês tão bem, que dizem que o príncipe de Gales tomara aulas particulares com ele. Tinha morado quatro anos em Cambridge.

Mas possuía um defeito fatal. Não, não bebia. Mas surrupiava tudo que estava ao alcance de sua mão. Roubava como uma ave de rapina. Tanto lhe fazia se se tratava de um relógio de bolso, chinelos ou um enorme duto para chaminé. E não se preocupava também com o valor dos artigos roubados, nem com o seu volume e dimensões. Geralmente não se importava com a sua utilidade. Seu prazer consistia simplesmente em fazer aquilo que queria: roubar. Nós, os seus amigos mais próximos, nos esforçávamos para trazê-lo à razão. Falávamos à sua alma, carinhosamente. Repreendíamos e ameaçávamos. Ele concordava conosco. Prometia sempre lutar contra sua natureza. Mas a razão não vencia, sua natureza era mais forte. Recaía sempre.

Quantas vezes desconhecidos não o repreenderam, e não o humilharam em lugares públicos, quantas vezes não o flagraram, e, nessas ocasiões, tínhamos de tomar atitudes inacreditáveis para minimizar as consequências de seus atos. Certa vez, porém, no expresso para Viena, foi surpreendido por um comerciante morávio ao aliviá-lo de sua carteira, e entregue à polícia na estação mais próxima. Trouxeram-no algemado para Budapeste.

Tentamos salvá-lo de novo. Vocês, que escrevem, sabem que tudo é decidido pelas palavras: tanto o valor de um poema como o destino de um homem. Tentamos provar que ele era um cleptomaníaco e não um ladrão. Aquele que conhecemos geralmente é cleptomaníaco. Aquele que não conhecemos geralmente é ladrão. O tribunal não o conhecia; assim foi qualificado — ladrão, e condenado a dois anos de prisão.

Depois de libertado, numa sombria manhã de dezembro, próximo ao Natal, apareceu-me, esfomeado, esfarrapado. Jogou-se a meus pés. Implorou que eu não o abandonasse, que o ajudasse, que lhe arrumasse trabalho. Escrever sob seu próprio nome estava fora de qualquer cogitação. Nada sabia fazer, porém, senão escrever. Procurei então um editor honesto e humano, recomendei-o, e no dia seguinte o editor incumbiu-o da tradução de uma novela inglesa de detetives. Era um daqueles lixos com os quais nós não queremos sujar as mãos. Não o lemos. No máximo o traduzimos, usando luvas. Seu título — até hoje me lembro —, *O misterioso castelo do conde Vitsislav.* Mas que importava? Fiquei feliz por ajudá-lo, ele feliz por poder comer e assim começou o trabalho. Trabalhou com tanto afinco que em duas semanas — muito antes do prazo — entregou o manuscrito.

Fiquei extremamente surpreso quando, passados alguns dias, o editor me comunicou que a tradução do meu protegido era totalmente inutilizável, e por isso não estava disposto a pagar nenhum vintém. Não entendi bem. Fui até lá de táxi. O editor, sem nada dizer, entregou-me o manuscrito. Nosso amigo o datilografara com capricho, numerara as páginas, até as prendera com uma fita com as cores nacionais. Isso era muito dele, pois — acho que já disse —, em questões de literatura, era preciso e escrupulosamente meticuloso. Comecei a ler o texto. Soltei um grito de admiração. Frases claras, mudanças engenhosas, montagens linguísticas espirituosas se sucediam, muito mais dignas que o original. Espantado, perguntei ao editor que defeito tinha encontrado. Ele me entregou o original inglês, de forma tão silenciosa quanto o fez com o manuscrito, e pediu-me para comparar os dois textos. Por meia hora, mergulhei alternadamente no original e no manuscrito. Ao final, levantei-me consternado. Declarei que ele estava com toda a razão.

Por quê? Nem tentem adivinhar. Estão enganados. Não tentou contrabandear o texto de um outro original. Era realmente *O misterioso castelo do conde Vitsislav*, numa tradução fluente, artística, e por vezes poética. Estão novamente enganados. O texto não continha nenhum escorregão. Afinal, ele sabia inglês e húngaro perfeitamente. Parem de tentar. Disso vocês nunca ouviram falar. A mancada foi outra. Totalmente outra.

Eu também descobri aos poucos, gradualmente. Prestem atenção. A primeira frase do original inglês dizia assim: *"As*

O tradutor cleptomaníaco

trinta e seis janelas do velho castelo, desgastado pelo vento, brilhavam. No primeiro andar, no salão de baile, quatro lustres de cristal resplandeciam luxuosamente...". Na tradução húngara estava: *"As doze janelas do velho castelo, desgastado pelo vento, brilhavam. No primeiro andar, dois lustres de cristal resplandeciam luxuosamente...".* Arregalei os olhos e continuei a leitura. Na terceira página, o escritor inglês dizia: *"Com um sorriso irônico, o conde Vitsislav abriu sua carteira recheada e atirou a quantia pedida, mil e quinhentas libras...".* Isso foi interpretado da seguinte forma pelo tradutor húngaro: *"Com um sorriso irônico, o conde Vitsislav abriu sua carteira e atirou a quantia pedida, cento e cinquenta libras...".* Tive uma péssima premonição, que — infelizmente — se tornou uma certeza nos minutos seguinte. Mais abaixo, no fim da terceira página, li na edição inglesa: *"A condessa Eleonora estava sentada num dos cantos do salão de baile, vestida para a noite, usando as velhas joias da família: tiara de diamantes, herdada da sua tataravó, esposa de um príncipe alemão; sobre seu colo de cisne, pérolas verdadeiras de brilho opaco; seus dedos quase se enrijeciam com os anéis de brilhante, safira, esmeralda..."* O manuscrito húngaro, para minha grande surpresa, assim trazia: *"A condessa Eleonora estava sentada num dos cantos do salão de baile, vestida para a noite..."* Sem mais. A tiara de diamantes, o colar de pérolas, os anéis de brilhante, safira e esmeralda, haviam desaparecido.

Compreendem o que fizera esse infeliz escritor, merecedor de um futuro melhor? Simplesmente roubou as joias de família da condessa Eleonora, e, com a mesma imperdoável leviandade, roubou até o simpático conde Vitsislav, deixando das suas mil e quinhentas libras apenas cento e cinquenta, e da mesma forma surrupiou dois dos quatro lustres de cristal, e desviou vinte e quatro das trinta e seis janelas do velho castelo desgastado pelo vento. Tudo começou a girar ao meu redor. Minha surpresa só aumentou quando constatei, sem nenhuma dúvida, que essa determinação percorria todo o seu trabalho. Por onde sua pena de tradutor passasse, sempre causava prejuízo aos personagens, mesmo que só se apresentassem naquele capítulo, e, sem respeitar móvel ou imóvel, atropelava a quase indiscutível sacralidade da propriedade privada. Trabalhava de várias maneiras. Na maioria das vezes, os objetos desapareciam sem mais nem menos. Aqueles tapetes, cofres, talheres de prata, cuja missão era enobrecer o original inglês, não os encontrei em nenhum lugar no manuscrito húngaro. Em outros casos só tirava uma parte, a metade ou dois terços. Se alguém mandava o criado levar cinco malas para a cabine do trem, ele só mencionava duas; sobre as outras três silenciava sorrateiramente. De todos os casos, para mim, o pior — porque isso decididamente mostrava má intenção e falta de hombridade — era que com frequência trocava as pedras e metais preciosos por outros sem nobreza e sem valor; a platina por lata, o ouro por latão, o diamante por vidro ou zirconita.

Despedi-me do editor, cabisbaixo. Por curiosidade, pedi emprestado o manuscrito e o original inglês. Como estava intrigado pelo verdadeiro enigma dessa novela policial, continuei em casa minha investigação, e fiz um balanço completo dos artigos roubados. Trabalhei sem parar da uma e meia da tarde até as seis e meia da manhã. Descobri, finalmente, que nosso desvirtuoso colega escritor apropriou do original inglês, durante a tradução, ilegal e indecentemente, 1.579.251 libras esterlinas, 177 anéis de ouro, 947 colares de pérola, 181 relógios de bolso, 309 brincos, 435 malas, sem falar das propriedades, florestas e pastos, castelos de príncipes e barões, e outros objetos menores, lenços, palitos de dente, campainhas, cuja listagem seria muito comprida e talvez inútil. Onde colocou todos esses móveis e imóveis — que afinal só existiam no papel, no reino da imaginação; qual era a

O tradutor cleptomaníaco

razão do seu furto; a investigação iria muito longe e assim melhor nem especular. Mas tudo isso me convenceu de que ele ainda era escravo de seu vício criminoso, ou da doença, e não existia nenhuma esperança de cura, e não merecia ser amparado pela sociedade honesta. Retirei minha proteção devido à minha indignação moral. Entreguei-o ao destino. Depois, nunca mais ouvi falar dele.

O DINHEIRO

Perto da madrugada, estávamos sentados numa boate. A orquestra de negros descansava. Nós bocejávamos. Kornél Esti cochichou no meu ouvido:

— Me passe uma nota de cinco, rápido!

Pagou, depois disse:

— Estranho.

— O quê?

— Essa expressão: "problema de dinheiro". A gente pode pensar que o dinheiro causa o problema. Mas, pelo contrário, não é o dinheiro que causa, mas a falta dele, não ter dinheiro. Diga-me — virou para mim com um ar interessado —, você, nas suas horas vagas, estuda linguística: existe alguma expressão que demonstre que de vez em quando o dinheiro pode ser um fardo?

— Existe. Mas é francesa. *Embarras de richesse.*

— Nenhuma húngara?

— Nenhuma.

— Sintomático — murmurou.

No caminho de volta, pelas ruas, ainda meditava sobre isso:

— Sem dúvida, problema de dinheiro é um asco. Mas o contrário também é repugnante. Quando é o dinheiro que causa o problema. Quando o dinheiro é demais. Eu sei o que é isso.

— Você?

— Ahã. Certa vez tive muito dinheiro. Faz muito tempo — disse meditativamente —, faz muito tempo, muito.

— No exterior?

— Não, aqui em Budapeste. Foi quando herdei.

— De quem você herdou?

— De uma nebulosa tia por parte de mãe. De Maria Tereza Anselm. Morava em Hamburgo. Era a esposa de um barão alemão.

— Curioso. Você nunca me falou sobre isso.

— É. Acho que eu tinha trinta anos. Uma manhã fui oficialmente notificado de que minha tia me deixara toda a sua fortuna. A notícia não me pegou desprevenido. Mas me surpreendeu. Porque eu ouvira dizer que a minha tia tinha também um outro sobrinho, e ia dividir a herança entre nós dois. Mas nesse tempo ele havia morrido. Em alguma parte do Brasil. Tem um cigarro?

— Por favor.

— Então viajei para a Alemanha. Para ser sincero, mal lembrava da minha falecida tia. Quando criança, algumas vezes me levaram para visitá-la. Morava num castelo luxuoso, situado numa plantação modelo. Era terrivelmente rica e terrivelmente aborrecida. Cisnes brancos e pretos nadavam no lago de peixes do castelo. Era o que sabia sobre ela. E que possuía muitas terras, alguns prédios em Berlim e em Dresden e vultosas aplicações em bancos suíços. Levando em consideração que havia dez anos não respondia suas cartas, não tinha ideia da sua riqueza. No inventário se descobriu que sua fortuna era maior do que eu imaginava. Depois de vender tudo e converter em dinheiro — descontados os impostos, taxas, despesas com advogado —, um banco de Hamburgo pôs nas minhas mãos quase dois milhões de marcos.

— Dois milhões de marcos? Não brinque.

— Certo. Então vamos falar de coisas mais sérias. Como está a sua pressão?

— Desculpe. Vamos continuar.

— Enfim peguei o dinheiro, convertido em moeda húngara, coloquei na mala e voltei para casa. Em casa, vivi como antes, rabiscando poesias. Tomava cuidado para não suspeitarem do assunto, porque sabia que poderia ser o meu fim.

— Por quê?

— Escute: um poeta rico, entre nós? É um total absurdo. Em Budapeste, quem tem um pouco de dinheiro é considerado um palerma. Se tem dinheiro, por que deveria ter algo na cabeça, sentimento, imaginação? Assim, castigam. Essa cidade é por demais inteligente. E, por isso, por demais imbecil. Não quer perceber que a natureza é bárbara e imprevisível, e não distribui suas graças através da misericórdia. Por aqui, nem um grama de talento de Byron, lorde e multimilionário, seria reconhecido. Aqui, a posição do gênio é conferida como indenização — caritativa — àqueles que nada mais possuem, aos famintos, doentes, perseguidos, mortos-vivos, ou mortos mesmo. Principalmente os últimos são os preferidos. Nunca foi meu ganha-pão desafiar a titânica burrice das pessoas. Curvei-me sempre a ela, como se frente a um poderoso fenômeno natural. Assim, de novo respeitei a obrigatória tradição da boemia. Continuei a frequentar o recanto sujo dos boêmios. Pendurava meu café. Pela manhã sujava minhas golas com tinta. Fiz buracos na sola do meu sapato com furadeira. Iria eu estragar minha reputação de poeta? Além do mais, assim era mais confortável e mais interessante. Se anunciasse minha fortuna, imediatamente me assaltariam, bateriam na minha porta de manhã à noite, e nem me deixariam trabalhar.

— Mas o que você fez com aquele mar de dinheiro?

— Tive de quebrar bastante a cabeça. É claro que não depositei num banco. Isso me denunciaria no ato. Tranquei nas gavetas da minha escrivaninha, entre os meus manuscritos. É inacreditável como dois milhões de coroas cabem num pequeno lugar, duas mil notas de mil. Formavam um monte desse tamanho. E era papel, uma salada de cédulas, como qualquer papel. De noite, ao olhá-las, era tomado por sentimentos diversos. Estaria mentindo se não dissesse que me dava prazer. Eu respeito muito o dinheiro. Representa tranquilidade, honestidade, força, quase tudo. Mas, para mim, tanto dinheiro era fardo, e não tranquilidade. Começar vida nova, manter um automóvel, mudar da minha residência de três cômodos para uma de dez, sair da minha rotina, assumir novos problemas e responsabilidades não era para uma pessoa com o meu grau de sabedoria. Nunca almejei festas regadas a champanhe. Você sabe que eu abomino o luxo. Toda minha vida jantei pão com manteiga e água. Sempre gostei de cigarros baratos e mulheres baratas. Portanto, comecei a raciocinar fria e logicamente. Qual é meu objetivo, minha vocação, minha paixão? Escrever. Já naquele tempo ganhava fácil quinhentos com a minha pena. Para perpetuar minha independência, somaria a isso mais mil coroas mensais. Até quando iria viver? Meus pais e meus avós morreram antes dos cinquenta anos. Nós não temos vida longa. Eu me concedi sessenta. Esse gordo provento para trinta anos, a presumível duração da minha vida, perfazia só 360.000 coroas, sem levar em conta os juros. Achei que o resto era supérfluo. Decidi distribuí-lo.

— Para quem?

— Esse foi o porém. Não tenho irmãos. Só tenho um parente, um rico industrial, que em meus sonhos sempre vejo como mendigo, e é meu desejo supremo que, numa noite cheia de uivos de lobo, quando eu satisfeito com o jantar me aqueço na lareira, ele bata na minha soleira e me peça um pedaço de pão, e eu lhe possa gritar que não estou. Dar meu dinheiro para um tipo desses, ou para seus bem-educados e repugnantes filhos, que detesto mais do que a ele? Não, não.

— Você não pensou em seus amigos?

— Não tinha amigos então. Ainda não conhecia você.

— Obrigado.

— Praticamente não tinha nenhum conhecido, nem próximo, nem distante, que, de um certo ponto de vista elevado, me fosse mais simpático que aquele total estranho que visse pela primeira vez na rua. Não me entenda mal. Não odiava as pessoas. Apenas as olhava com uma certa triste renúncia, e sentia a falta de sentido da vida e a relatividade de todas as coisas. É por isso que não quis legar nenhuma herança, para deixá-la nas mãos das autoridades. Sabia, pelo meu próprio exemplo, como são ingratos os herdeiros. Diga, o que você faria no meu lugar?

— O que qualquer um faria num caso desses. Colocaria minha fortuna a serviço de uma nobre causa qualquer, para uma instituição de caridade.

— Está certo. Isso também passou pela minha cabeça. Primeiro pensei em orfanatos, asilos de idosos, cegos, surdos-mudos, filhas abandonadas, hospitais. Então naquele minuto apareceu diante de meus olhos espirituais um gordo pilantra que, com o dinheiro dos órfãos, anciões, cegos, surdos-mudos, filhas abandonadas, comprou brilhantes para sua esposa e amantes. Abandonei o plano. Camarada, eu não nasci para salvar a humanidade, que, quando não é castigada por incêndios, inundações ou pestes, organiza guerras e artificialmente cria os incêndios, as inundações e as pestes.

Faz muito que me desinteressei da chamada sociedade. Não faço parte dela. Minha família é a natureza viva, irracional, incontrolável. Depois planejei um concurso literário, uma fundação de grande porte. Confesso, por um tempo a ideia me agradou. Mas logo percebi claramente que, no decorrer do tempo, as várias comissões iriam alterar meu desejo original para premiar aqueles cretinos e imbecis que simplesmente deveriam ganhar cacetadas. Alimentariam com o meu dinheiro os pigmeus espirituais, os bastardos danosos, em de-

O dinheiro   17

trimento dos capazes. Depois vi obras premiadas que falavam da "diversidade do drama", ou das "influências da literatura francesa", e me desesperei com a ideia de que essa burrice passasse de geração para geração, até o fim dos tempos, como uma maldição hereditária. Também renunciei a isso.

— Qual foi a solução final?

— A de que deveria distribuir meu dinheiro ao acaso, como recebi, para as pessoas. De repente tive a visão de um velho e louco imperador romano montando um cavalo e distribuindo moedas de ouro com as mãos para felizes e infelizes, sem distinção, a fim de dar para todos e para ninguém.

— Quer dizer que você distribuía para todos que encontrava?

— Opa, meu filho. Não foi tão fácil assim. Aí teriam me reconhecido e descoberto toda a história. Não, obrigado! Para rirem da minha cara, para ficarem expressando sua gratidão, para ficarem me bajulando, para os jornais celebrarem o nobre gesto do doador. Não aguento essas coisas. Era imperativo manter o anonimato.

— E você conseguiu?

— Paciência, por favor. Com o lápis na mão calculei que, fora minhas 360.000 coroas, tinha disponíveis 1 milhão 640 mil coroas que deveria distribuir enquanto vivesse, isto é, presumivelmente no máximo trinta anos. Deveria passar adiante 54.000 coroas por ano, mais ou menos 4.500 coroas por mês, aproximadamente 150 coroas por dia. Como começar? A princípio tudo correu bem. À noite, depois de terminar meu trabalho, preenchia um bônus, obviamente a máquina, sem assinalar o remetente, e mandava 150 coroas pelo correio, sempre para um estranho, cujos nome e endereço tirava ao acaso da lista de endereços, sem procurar saber se o indivíduo era pobre ou rico. Apenas seguia a lei do acaso. Aconteceu de eu mandar dinheiro até para os maiores bancos. A bênção caía para todos os lados. Sentia esta miserável cidade borbulhar, ferver ao meu redor. Aqueles que recebiam meu bônus provavelmente estranhavam no primeiro momento. Quem será que é? Mas depois todos lembravam de alguém, um parente, um bom samaritano, um devedor, que finalmente pagou sua dívida. É claro que pensavam: "Que belo gesto...", "Veja, veja, no fundo é honesto...". Eu funcionava como uma força cega, como um anjo travesso, onipresente, distribuindo bênçãos da minha invisível cornucópia. Um ano depois, infelizmente, me pegaram.

— No correio?

— Fui muito mais prudente. Trabalhei com carregadores, entregadores, empregados nas diferentes partes da cidade, e até mesmo no exterior, por meio de meus encarregados. Mas cometi a besteira de, uma vez, de novo pela inspiração do acaso, mandar a quantia habitual para um jornalista, repórter policial de um grande jornal de Budapeste. Esse já tinha ouvido algo sobre as misteriosas doações — pois entre 365 pessoas pelo menos 300 são fofoqueiras, mesmo agindo contra seu próprio interesse, seu próprio bolso — e no dia seguinte, juntando suas informações, fez desfilar pelo jornal as mais variadas testemunhas, oculares ou auriculares; até publicou meu bônus datilografado, ilustrado com uma estúpida história pitoresca de um marajá indiano foragido, sob o nome de "Chuva de Ouro". Sim, eu fora descoberto, sem ser desmascarado. Em todo caso, me retraí. Tive que suspender imediatamente a distribuição dos bônus, o que representava um grande problema para mim. Tinha de inventar métodos novos, mais audaciosos.

— Não entendo você. Por que não apostou a quantia toda numa carta de baralho?

— Porque com isso teria me denunciado.

— Então por que você não deu para as mulheres que amou?

— Porque com isso me humilharia. Enquanto puder,

O dinheiro

quero manter minha ilusão de que as mulheres gostam de mim por mim mesmo. Parece que você não me entende mesmo. A minha decisão de distribuir o dinheiro estava enraizada como uma obsessão, e se baseava não em reflexões e verdades humanas, mas em algo pessoal, isto é, na verdade maior e mais misteriosa da natureza. Não considero racional a vida. Mas mesmo assim a falta de juízo me dói, me revolta saber que uma fortuna dessas simplesmente apodrece na gaveta da minha escrivaninha. E não só por eu estar impedido de utilizá-la, mas pelo fato de os outros também estarem. Quando num dia não conseguia me libertar da quantia estipulada, minha consciência me mordiscava. Minha tarefa ficava cada vez mais difícil, mais complicada. Acontecia de várias quantias diárias se avolumarem. Algumas vezes cometi burrices audaciosas, correndo o risco de chamar a atenção e ser desmascarado. Uma noite, ao cruzar o rio, sem pensar joguei 600 coroas no colo de um mendigo acocorado, depois saí correndo. Mas raramente agia assim.

— Afinal, como você se livrou do dinheiro?

— Ora de um jeito, ora de outro. Por exemplo, quando viajava, descia nas maiores estações, comia uma salsicha, uma maçã, ficava conversando com o vendedor, que mantinha seu restaurante com uma bandeja móvel presa ao pescoço por uma correia, adiava o pagamento até o último minuto e, quando a locomotiva silvava, jogava-lhe cem coroas, pulava na minha cabine, me escondia e deixava que me procurasse, balançando o troco na janela do trem com a mão estendida. Esquecia embaixo da toalha da mesa do café cinquenta coroas, e depois não passava nem pelas redondezas. Frequentava bibliotecas públicas e colocava uma nota entre as páginas dos livros. Durante passeios deixava cair quantias mais ou menos importantes. Nesses momentos prosseguia com a respiração presa, como alguém que comete uma falta. Minha artimanha muitas vezes deu resultado. Mas aconte-

20   Dezsö Kosztolányi

ceu, duas vezes, de correrem atrás de mim, uma vez um jovem colegial, outra uma senhora de luto, e me devolverem o dinheiro. Ficava rubro, murmurava qualquer coisa e metia o dinheiro no bolso. E eles, coitados, ficavam ofendidos de eu nem agradecer suas amabilidades e nem lhes dar uma recompensa, como merecem pessoas honestas.

— Inacreditável.

— Você nem suspeita, em quão poucos lugares cabe o dinheiro quando você realmente quer se livrar dele. Então simplesmente ninguém o quer. Nem mesmo os cachorros. Debati-me assim amargamente durante um ano. Já administrava a questão tão mal que — como se costuma dizer —, após verificar meus livros contábeis, restavam-me 1.574 coroas simplesmente sem dono. No começo do terceiro ano a sorte me sorriu. Eu frequentava um pequeno dentista em Buda, um humilde iniciante. Fazia uma limpeza na minha boca e implantava aquele lindo dente de ouro que desde então faz parte da minha personalidade de poeta. Quatro ou cinco sobretudos estavam pendurados na sala de espera. Num momento de desatenção, enfiei algumas notas no bolso de cada sobretudo. No dia seguinte continuei a operação. No terceiro também. Em uma semana com sucesso acabei com todo o meu excedente. Os pacientes sentavam na sala de espera com os olhos brilhantes. De tempos em tempos saíam para retornar felizes, radiantes, com dinheiro no bolso, que tiravam do sobretudo para guardar em lugar mais seguro. Geralmente escondiam seu rosto no lenço, como se o dente estivesse doendo, para não expor sua alegria, e para os outros não suspeitarem que o mal não era dental, mas de ouro. Alguns saíam várias vezes, na esperança de que aquele inexplicável milagre sobrenatural se repetisse mais vezes numa tarde, ou pelo receio de outro se apossar do presente. Eu acompanhava sorrateiramente os fatos. Saboreava a situação. Mas tive que cair fora de lá também.

O dinheiro

— O jornalista ficou sabendo?

— Não. Mas correu pela cidade a notícia de que não existia em Budapeste um dentista tão hábil, de mão tão leve como o meu, e ele começou a ser tão procurado que distribuíram senha para atendimento e eu recebi o número 628, de modo que só seria atendido depois de um tempo razoável. A recepcionista nem me deixava entrar. Parti para outra estratégia. Fui agir onde minha fértil chuva de ouro ainda não tinha caído. Já não restavam muitos lugares assim. Além disso, tinha de trabalhar com muito cuidado. É isso, companheiro. O nó começou a apertar no pescoço.

— Pobre amigo.

— No começo do quarto ano tive uma ideia salvadora. Eu tenho um ótimo amigo que esteve preso durante cinco anos por bater carteiras. Tomei aulas com ele. As lições eram dolorosas. Primeiro alongou o meu dedo indicador, esticou, para ficar do tamanho do dedo médio, porque os batedores de carteira só "desenham" com esse dois dedos. Depois de concluir o curso, já atuava com maior desenvoltura, quase descaradamente. Por ocasião de um desfile solene, consegui contrabandear a cota diária de 150 coroas para a roupa de gala de um respeitável ancião considerado por todos membro da alta nobreza europeia, e 50 coroas para o seu gorro de pele de garça. Mais que isso, enquanto conversava sobre a crise financeira com o ministro da Economia, também meti cem coroas no seu bolso. Situações que nem essa raras vezes apareciam. Na maioria das vezes me juntava às grandes multidões, em jogos de futebol, excursões, onde as pessoas ficam amontoadas umas em cima das outras e tomam de assalto os mais diversos veículos. Num domingo à noite, na estação final de Hüvösvölgy — menciono isso como um momento afortunado — roubaram 750 coroas do meu bolso. Nessa época só me aventurava a passar quantias pequenas. Tinha a impressão de ser seguido por detetives. Imagine, metia coroas nos bolsos e pastas dos meus amigos. Começou a minha decadência. Ficava nos bondes de manhã à noite para poder cumprir o dever assumido. Num dia de maio — lembro bem — parou ao meu lado um senhor idoso de olhos azuis, barba prateada bem tratada e que pousava pensativamente suas duas mãos sobre o castão da sua bengala. Seu casaco estava gasto. Parecia ser um funcionário de impostos aposentado. Retirei uma moeda de prata de cinco coroas do meu bolso e me esforçava em contrabandeá-la para o bolso do seu sobretudo com os meus dois ágeis dedos, quando o senhor prendeu minha mão com o seu braço e começou a gritar, berrar: "Ladrão!". O condutor parou o bonde, chamou um guarda. Não adiantava me defender. Fui pego em flagrante. Ali terminou minha carreira...

Kornél Esti se calou. Não disse mais nada. Caminhava com um ar pensativo, pela rua inundada por um sol forte, depois parou diante da grande casa bordô, onde mora no sexto andar, na mansarda. Tocou a campainha.

— Seu louco — disse, e o abracei.

— Então, não é maçante? — perguntou. — É interessante o bastante? Suficientemente absurdo, inverossímil e inacreditável? Suficiente para enfurecer aqueles que procuram na literatura motivações psicológicas, significados e sentidos morais? Certo. Então eu vou escrever. Amanhã, se receber dinheiro por ele, vou te devolver as suas cinco coroas também. Então, até.

O dinheiro

O DESAPARECIMENTO

— Então, vocês não ficaram sabendo? — voltou-se para nós Kornél Esti, com o olhar espantado, enquanto o circundávamos no salão particular do café Vipera, nosso lugar habitual. — Kálmán Kernel desapareceu. Sim, ele. O cunhado de Pataki. Aquele gordo, de cento e vinte quilos. O fabricante de piteiras. Não estão lembrados? Apareceu aqui uma vez, mas faz muito tempo. Encheu-nos de patê de fígado de ganso, fez-nos beber champanhe vermelha até a madrugada. Depois, ele mesmo nos levou para casa no seu carro grande, todo iluminado.

Nos últimos tempos não tinha nem carro, nem fábrica de piteiras. Perdeu tudo. Dois imóveis e dinheiro, mais ou menos um milhão. Até dos seus cento e vinte quilos perdeu um ou dois, como consequência da situação econômica geral. Ficou completamente arruinado.

Sinto que foi vítima de uma grande injustiça. Pessoas tão volumosas que nem ele deveriam se banhar num eterno bem-estar. Elas são necessárias para prosperar, para gozar a vida e para fazer as outras gozarem, para oferecer nas suas suntuosas casas sete ou oito tipos de licores e, na despedida, com uma piscadela especial, com um sorriso paternal, enfiar em nossos bolsos uma marca rara de charuto espanhol. Que pena. De maneira alguma a miséria foi feita para eles.

Kálmán resistiu com uma tenacidade inesperada. Quando sua fábrica de piteiras faliu, abriu uma copiadora, depois uma empresa de dedetização. Essas também não foram longe. Pataki o ajudava com algum dinheiro. Mas é possível ajudar uma pessoa? Teve que sair de Budapeste. Os náufragos saem do oceano em tempestade para uma baía pacífica. Ele se mudou com a esposa para Rákosszentmihály. Não tinham filhos. Comprou uma pequena casa de quarto e cozinha e vivia de negócios ocasionais. Vinha para Budapeste de bonde. A pé, quando não tinha dinheiro. Visitei-o no verão. Descalço, comia melancia no quintal e cantava canções populares. Parece que tinha se resignado com a sorte. Mas não aguentou por muito tempo.

De repente, desapareceu. Isso é terrível, meus amigos. Alguém desaparece, e não existe mais. Sem deixar vestígios. Kálmán não existe mais. Sua cadeira está vazia. Procuramos, não encontramos. Vocês já perceberam como ficamos nervosos quando algo desaparece? Se é roubado, vá lá. A gente se conforma. Mas a situação na qual o que existia não existe mais é insuportável, não dá para entender, nossa mente se revolta, e desvairadamente saímos à sua procura, seja onde for. Muito pior é quando uma pessoa desaparece. Que tenha morrido, é a ordem natural. Pois ele é roubado por um malfeitor desconhecido e invisível. Mas o que temos é diferente. Principalmente ao se tratar de uma pessoa do tamanho de Kálmán, com aquele enorme corpo, de gigante, que não consegue encontrar, em nenhuma loja, chapéu ou sapatos do seu tamanho, tendo sempre que mandar fazer sob encomenda... Não é a mesma coisa o desaparecimento de um magricela tampinha ou deste fenômeno fora de série da natureza. Como também não é a mesma coisa uma tachinha sumir da minha prancheta, ou sumir a prancheta inteira. O segundo fato me deixaria muito mais espantado.

Assim, esse caso também me deixou muito espantado. Até porque eu nunca tinha visto um desaparecido de perto. Corríamos para a polícia, para a seção dos desaparecidos, corríamos de volta para casa, e todo dia, nervosamente, corríamos nossos olhos pelos vespertinos, investigávamos e mandávamos investigar oficialmente, ou por detetives particulares, mandávamos telegramas, desentendíamo-nos, telefonávamos, mas em vão. Seus objetos pessoais estão todos aqui, a navalha de barbear enferrujada, sua escova de dentes, sua caixa de tabaco. Só ele não está. Meu Deus, como isso é estranho.

Depois ficou ainda mais estranho. Sua esposa chorava num canto, lamuriando-se numa voz cansada, mecânica: "Que não tenha lhe acontecido nada... Que não tenha...". Claro que não aconteceu — consolávamos de uma maneira furiosa e desajeitada —, como é que se pode pensar numa coisa destas. Onde já se ouviu que tenha acontecido algo a uma pessoa que há quatro dias não manda notícias? Pelo contrário, o mal acontece quando menos esperamos. Isso é natural. Então, por que não volta para casa, por que não escreve ou, pelo menos, manda um recado? Afinal, nem haviam brigado, viviam bem, principalmente desde que caíram na miséria. Enfim, onde dorme, come, arranja dinheiro? Seus amigos são tão pobres-diabos como ele. Saiu com apenas 78 centavos e nenhum objeto de valor. Disse "tchau" para a esposa e depois deixou de existir.

No quinto dia, achamos seu primeiro vestígio. Na rua Aggteleki sua esposa encontrou-se com Winckler. Winckler contou que, quarta à tarde, no segundo dia do desaparecimento, encontrara-o na rua Rákóczi. Barbado e abatido. Até lhe perguntou o que tinha. Kálmán fez um gesto com a mão e murmurou algo como: não aguento mais. Imediatamente declarei que Winckler é o cara mais burro do mundo e não se pode dar nenhum crédito às suas palavras. Propus uma aposta: se alguém anda à procura de uma pessoa e comunica que esta desapareceu há cinco dias, 999 entre 1.000 pessoas, algumas até com almas belas e cultivadas, professores

O desaparecimento   27 universitários também, vão declarar o mesmo que este animal, que viram a pessoa, perceberam que estava barbada e abatida, que fez um gesto com a mão e murmurou que não aguenta mais. Mas o que isso prova? Que em geral todas as pessoas estão abatidas e barbadas, que todas fazem um gesto com a mão, que ninguém aguenta mais, mas prova também que, entre 1.000 pessoas, 999 são imbecis, palermas bancando os importantes.

Passada uma semana — confesso —, eu mesmo comecei a renunciar à esperança. Desaparecer, sair sem se despedir, sem dúvida não é educado, mas é costume nas melhores rodas sociais. Os franceses desaparecem "à inglesa", os ingleses "à francesa". Existe porém um certo gênero de desaparecimento que, sem adular em demasia com compreensível preconceito nossa vaidade nacional, podemos dizer que é nossa característica. Se alguém, por falta de emprego e trabalho, se cansa de jejuar e resolve deixar a família, e as alegrias pertinentes a ela, e depois com cinco ou seis quilos de pedra passa do peitoril da ponte diretamente para o Danúbio, ou salta de cabeça do quinto andar para o meio do pátio, então esse desapareceu "à húngara". Cada vez mais me inclinava a pensar que Kálmán também escolhera o desaparecimento "à húngara".

Por enquanto tinha que situá-lo na minha imaginação. Isso não era fácil. Só então notei que curiosa relação temos com os desaparecidos. São criaturas de mau agouro, que vivem uma vida dupla, vivos e mortos ao mesmo tempo, homens e assombrações, cidadãos deste e doutro mundo, e não se sabe a qual pertencem. Ainda estão, mas já não são. Devo supor que a alma dos desaparecidos flutua nessa situação dúbia entre o céu e a terra, mas ainda não longe da terra, mais ou menos a um metro das nossas cabeças, e talvez até possamos alcançá-los como ao cordão de um balão de gás, se estendermos bem nossos braços e dermos um grande salto.

Mantêm-nos em constante estado de transtorno. Ora os imaginamos já mortos, se decompondo em algum túmulo, ou no fundo do rio, com os peixes fazendo um banquete com os seus olhos, outras vezes, com a mesma legitimidade, no salão de um pequeno restaurante, jantando um guisado de vitela e limpando a gordura vermelha do prato com pão branco. Tanto podemos pensar em lhes telefonar como acender à noite uma vela pelas suas almas. Nunca sabemos onde vamos encontrá-los, como espíritos numa reunião de mesa branca, ou num café, como clientes que penduram a conta. Tudo é possível. Essa incerteza é extremamente desagradável. Mais para nós, que ainda não desaparecemos, do que para eles, que já desapareceram. Porque se vivem, eles de qualquer maneira sabem onde estão, e assim não se angustiam, e se já não vivem, então não sabem onde estão, e assim igualmente não se angustiam. Entre eles e os mortos a diferença é que os mortos não estão, mas não sabem disso, e eles não estão, mas talvez saibam disso.

A senhora Pataki mantinha um luto discreto pelo seu irmão, mas ainda tinha a esperança de reencontrá-lo. Pataki tinha pouca confiança. "Era um bom sujeito", dizia com vagar, "era um sujeito gentil", e começou a falar sobre ele no passado. A esposa de Kálmán procurou-me para que lhe desse algum conselho. Eu, por pura misericórdia, levei-a a pistas falsas, para ao menos deixá-la ocupada. A situação dela era a pior. Era esposa (ou ex-esposa), era viúva (ou candidata a viúva), estando com título e posição incertos: a esposa de um homem morto ou a viúva de um homem vivo. Não podia usar luto, mas nem roupa vermelha, porque ambos eram do mesmo modo ofensivos, premonição maldosa ou ousada do seu destino. Disse-lhe que, para esta fase provisória, seria mais correto mandar fazer uma roupa branca com faixas pretas em ziguezague, sinalizando a possibilidade de um luto hesitante, mas, levando em consideração sua situação econômica, desisti dessa ideia, a qual só os cônjuges de posses se podem permitir, e observava-a ir para lá e para cá totalmente fora de si na sua velha e gasta roupa azul.

Conversei um sem-número de vezes com Winckler, que vira Kálmán pela última vez, sem conseguir saber nada de novo. Ele já tinha percorrido muitas vezes aqueles restaurantes baratos, cafés, ruas e praças onde antes Kálmán aparecia nas suas andanças, pois não podia fazer nada além de procurá-lo sem nenhuma sistemática, para cima e para baixo, onde Kálmán talvez nunca tivesse estado, mas poderia por acaso estar. Essa é a consequência do desespero. De manhã partia nalguma direção e caminhava até a noite. Por exemplo, caminhava com vagar pela rua Gyáli, ou pela rua Ostrom, olhava todas as casas, todos os porões, e com uma certa esperança cumprimentava toda figura distante, até que esta chegasse mais próximo. Toda pessoa era Kálmán enquanto não visse que não era Kálmán. Eu mesmo o acompanhei num percurso desses. Fiquei estarrecido com a quantidade de pessoas diferentes de Kálmán que vivem na face da Terra e com a quantidade de becos e esconderijos que existem por toda parte, onde podemos nos perder, desaparecer, extraviar. Uma pessoa é relativamente pequena, e o mundo certamente bem grande.

A família se reuniu — era uma família grande e de posses — e conversou sobre ele. Se sobre os mortos só se fala bem ou não se fala nada e sobre os vivos — por uma questão de manter o interesse — só mal ou nada, então sobre os desaparecidos, que ao mesmo tempo podem ser classificados nas duas categorias, deve-se ao mesmo tempo falar bem e mal. Dele se falava mais bem. Nos primeiros dias um tio ainda o culpava, por não ter sido econômico o suficiente, por não ter poupado quando pôde, por nem sempre dirigir suas empresas com o profissionalismo e zelo necessários. Entre outras coisas, lembrou-se de seu último empreendimento, com que leviandade e irresponsabilidade levara a dedetizadora à falência. Eu também tinha ouvido falar qualquer coisa a respeito. Ouvi dizer que Kálmán não dedetizava, mas cultivava os percevejos. Ouvi dizer que esses insetos danosos — até os velhos e doentes — ganhavam nova vida após a dedetização, e por isso — dizem — Kálmán ficou tão popular no seu meio que os percevejos pousavam nos seus ombros e comiam de suas mãos, como outros fazem com os pombos. Ouvi também que as empresas concorrentes o contratavam como *agent provocateur* com o intuito de multiplicar esses animais em extinção em Budapeste, aumentando assim suas fontes de renda. Para melhorar seu negócio, as outras empresas o apoiavam em segredo, recomendavam-no. Nisso eu nunca acreditei. Achava que eram calúnias maldosas, boatos. De uma coisa eu sei, quando o solicitei, fiquei satisfeito. Necessitava com urgência de 1.000 percevejos vivos. Entregou a mercadoria em 24 horas, impecável, empacotada com bom gosto, em dez pequenas caixas, todas amarradas por uma fita, como aqueles maços de dinheiro que recebemos nos bancos grandes, reunidos em grupos de cem e pré--contados, e por tudo isso mal paguei umas poucas centenas de *pengös*. Não faz parte da minha exposição, mas quero mencionar que o conteúdo das caixas foi solto na casa de um parente extremamente rico e sordidamente avarento, durante o almoço mensal a que me convidava e no qual dividia comigo sua comida diabética. Mas a cada mês só espalhava o conteúdo de uma caixa — parte na sua cama, parte no seu divã — para ter com que se divertir até mesmo depois das possíveis faxinas, durante todo um ano. Devo também mencionar que a eficiência da mercadoria superou todas as minhas expectativas.

Para completar, até por gratidão, fiquei ao lado de Kálmán e provei que não, ele não era culpado, mas a vida era culpada. Os parentes acenaram compreensivamente. Reconheceram que sempre fora um bom parente. E, com o passar dos dias, começou a receber tantos elogios e enaltecimentos que eu comecei a achar exagerado. Pataki achava que não fizera o que podia ter feito por ele, só ocasionalmente lhe dava algo, mas sempre por capricho, e que teria sido mais correto colocar-lhe à disposição uma pequena quantia, por exemplo 70 *pengös* ou, digamos, 50 *pengös* no começo do mês, que com certeza não lhe fariam falta. É incrível, meus amigos, como a bondade é uma doença aguda. Os corações se abriram de uma vez. Fui testemunha de cenas que poucas vezes vi na minha vida. Um tio seu, dono de açougue, de repente colocou à disposição 150 *pengös* no caso de, por algum milagre, Kálmán reaparecer, a tia ofereceu 200 *pengös*, uma outra 50, essa de novo 100, aquela de novo 200, a essa contribuição involuntária sem tardar se juntaram 750 *pengös*, 750 *pengös* mensais, dos quais poderia viver com facilidade, podendo até começar algum empreendimento. As velhinhas enxugavam suas lágrimas com a ponta de seus lenços. Todos choravam. Eu também chorei.

Depois de três semanas sem notícias de Kálmán, todos se resignaram ao irremediável. Quase não falavam dele. A senhora Pataki ia e vinha com os olhos cheios de lágrimas. Na parede estava exposto o retrato de Kálmán, que antes eu nunca tinha visto. Pediram à esposa e o emolduraram numa cor marrom-escuro. Ao passar pela sua frente, paravam e diziam: "Kálmán". Depois suspiravam: "Pobre sujeito. Ele já está melhor do que nós".

Agora vou contar rapidamente o que aconteceu na semana passada, a quarta desde seu desaparecimento. Estava justamente com Pataki quando o chamaram ao telefone. Falou por alguns segundos. Retornou pálido, desolado, e sussurrou ao meu ouvido:

— Encontraram Kálmán.

— Está vivo? — pergunto.

— Isso eu não sei — responde quase irritado. — Ligaram do Hospital São Lucas, para eu ir imediatamente.

— Então está vivo — grito.

— Não é provável — responde ainda mais irritado. — Não acredito que depois de tanto tempo esteja vivo.

— Por quê? — pergunto, enquanto nos dirigimos correndo para o hospital num automóvel.

— Eu acho — responde — que deu um tiro na cabeça. Tinha um revólver.

Pataki via um cérebro dilacerado diante de si com um saco de gelo em cima, e talvez um morto. Rapidamente interroga o porteiro, mas este só responde:

— Terceiro andar, 17.

Abre a maçaneta com a mão tremendo. Kálmán está sentado na cama vestido com o uniforme listrado dos doentes e lê o jornal. Sorri fatigado, envergonhado, levanta, estende a mão. Pede desculpas. Estava num estado de alma terrível, vadiou uma semana, nem ele sabe por quê, depois foi recolhido por um médico amigo, que o trouxe para cá. Agora, aos poucos, está voltando a si.

— Mas já é descaramento — desabafa Pataki enquanto voltamos para casa para levarmos a boa notícia. — Está inteirinho da silva.

Os parentes vão em romaria visitá-lo, e todos partem com a mesma opinião.

— Pois é — diz um —, aquele safado estava deitado no jardim numa espreguiçadeira, barba feita, e fumava. Onde já se viu uma coisa dessas?

— Pilantra — diz o outro. — Está gordo que nem um porco.

Nem adianta eu explicar que, para Kálmán, fazer a barba, fumar, assim como engordar, é sinal de vida, que mostra que está vivo, portanto deveriam ficar felizes por isso, porque se não estivesse vivo, provavelmente não se barbearia

O desaparecimento 33

mais, nem fumaria, e nem estaria assim gordo, mas eles só abanavam a cabeça, desaprovando:

— Vigarista sujo. Aprontou essa conosco. Não foi correto da parte dele. Esperávamos outra coisa.

O que esperavam dele, eu não sei. Mas se desiludiram. Já não se falava mais dos 750 *pengös* mensais. Todos romperam com Kálmán, ninguém lhe dirigia a palavra. Pataki lhe mandou 20 *pengös*, mas deu a entender que nunca mais mostrasse a cara. Seu retrato desapareceu da parede no segundo dia do reaparecimento.

Agora eu me esforço em fazê-lo entender as pessoas. Sugeri que, aos poucos, furtivamente voltasse para eles. Quem desaparece pode ressurgir no horizonte da vida, mas deve estar preparado, pois sua aparição pode gerar uma sensação embaraçosa. Nossos semelhantes devem ser treinados gradualmente, cuidadosamente, para o fato de que estamos vivos. Todos passamos por isso alguma vez. Quantas vezes não fomos trancados no quarto de criança, quantas vezes não nos notaram quando jovens e, mais tarde, quantas vezes não perguntaram com desconfiança, ao cairmos num novo círculo, "quem é esse cara novo?" — até que finalmente notassem nossa presença. Sobre isso, nós, escritores, também poderíamos falar. Para nós também é mais fácil "desaparecer" do que "aparecer". Quanto maior for alguém, quanto mais visível e marcante, mais difícil é. Por um certo tempo, nossos parentes mais próximos, colegas escritores, também se comportam como se não estivéssemos no mundo, viram seus rostos, e fazem de conta que não nos percebem. Mas se persistimos, se por nada desistimos, ao final acabam nos aturando no seu círculo, não porque gostem muito de nós, mas porque já se acostumaram e se resignaram ao fato de que nós também existimos.

A MENTIRA

— Como se deve mentir? — meditava Kornél Esti.

A psicologia experimental sugere que, quando queremos ter pretextos, devemo-nos referir a fatos que a todo momento aparecem na vida. Se, por exemplo, somos convidados para jantar e não temos vontade de ir, devemos buscar uma doença inocente: dor de cabeça, resfriado etc. Como essas são as doenças mais frequentes, é óbvio que — dentro da lei das probabilidades — acreditarão.

Só que não é assim. Pode ser que séculos atrás tais desculpas ainda surtissem efeito. Desde lá se desgastaram. Porque as dores de cabeça e os resfriados são frequentes não só na prática, mas também no repertório de mentiras.

Muitas vezes aconteceu de não ir a algum lugar porque realmente a minha cabeça doía e estava resfriado. Mas, nesses casos, apoiar-se nessa desculpa é mais grosseiro do que simplesmente escrever: "Vocês me entediam, eu vos abomino, estou pouco me lixando". De modo que eu não apresento a verdade mentirosa, mas crio uma verdadeira mentira. Imaginem que, ao cortar as unhas, a tesoura escapa e entra no dedão do meu pé, não consigo me levantar, tenho que colocar compressas na ferida, ou um gato vadio me mordeu e tive que ir correndo ao Instituto Pasteur para me vacinar contra raiva.

Essas mentiras são melhores. Por quê? Porque são inverossímeis. As mentiras querem ser verossímeis — é esse o seu sinal de reconhecimento — e assim, quando as pessoas ouvem um absurdo tão improvável, tão audaz, a última coisa que pensariam é que estão ouvindo uma mentira, porque essas mentiras são tão transparentes, como em geral são as mentiras, mas as mais imbecis mentiras já são tão imbecis, que já nem são mentiras. Não questiono que no primeiro instante talvez apareça no ouvinte uma sombra de dúvida de que querem fazê-lo de bobo, mas no instante seguinte rejeita indignado tal suposição; afinal, seria até ofensivo imaginar que alguém tenta lhe passar tal conversa, alguém que é tão inteligente quanto o ouvinte. O que sucede depois disso? Não pensa que é uma mentira das grossas, mas sim uma das casualidades sempre surpreendentes e imprevisíveis da vida, que lhe pregara tantas peças parecidas. A própria história louca o diverte. No fim, quase sempre, a coisa cola.

Aquele que chega tarde a uma reunião pode jurar que teve uma visita inesperada. Ninguém vai lhe dar ouvidos. Mas se o indivíduo disser que atropelou um cachorro com o seu carro — um lindo filhote de raça, que mal completara um ano — e que o levou imediatamente para a Faculdade de Veterinária, e que lá ele faleceu na mesa de operações, apesar de implantes e demais tentativas de salvamento, então a mentira brilhará sob a luz da aventura e da verdade. Só o inverossímil é realmente verossímil, só o inacreditável é realmente acreditado.

O reconhecimento dessa verdade é que me salvou num momento crítico da minha vida. Cheguei com duas horas de atraso a um lugar onde era ansiosamente esperado. Era impossível comunicar a verdade, porque ela — como em muitos casos — era mais ofensiva, mais deselegante do que a mais grossa das mentiras. Também não consegui encontrar nenhuma desculpa que explicasse meu descaso. Nesse meu transtorno desesperante — com a certeza do instinto aguçado —, murmurei qualquer bobagem. Disse que estivera com Gálffy, um conhecido meu do interior, que — como a maioria dos presentes sabia — morrera havia dois anos. Como eu bem sabia.

Mas rapidamente detalhei que Gálffy estava vivo, sua morte naquela época aparecera nos jornais por um equívoco divertido, e não foi retificada por um equívoco ainda mais divertido: fora isso o que me contara meu amigo renascido das cinzas durante essas duas horas, e foi isso que eu contei para os presentes, com tantos detalhes e reviravoltas surpreendentes, que em tudo acreditaram e todos me perdoaram. Não tinha que recear que depois fossem verificar os fatos. Gálffy lhes era bastante indiferente. Deixei-o viver por seis meses. Depois, numa noite, o matei. Durante uma conversa, comuniquei que Gálffy realmente morrera. Não senti nenhum remorso por este assassinato. Ele realmente não levaria a mal. E, pensando bem, só poderia me ser grato por ter vivido, graças à minha imaginação, por mais meio ano, se não em outro lugar, pelo menos na imaginação de cinco ou seis pessoas.

À parte devo falar das mulheres. Elas não mentem — como equivocadamente se anuncia —, apenas ressaltam uma parte da verdade. Quando uma mulher tem um encontro na Ilha das Margaridas,[1] não diz que ficou em casa tricotando, mas sim que foi passear nas margens do Danúbio. Qual é a explicação para isso? É que a ilha fica de fato no Danúbio, e o próprio passeio está próximo à verdade, com o adendo, que obviamente não é mencionado, de que não passeou sozinha. Em toda a mentira feminina existe um pingo de verdade. Esta é a base moral de suas mentiras. E é por isso que são perigosas. Fincam seus pés num minúsculo pedaço de terra, e defendem a sua mentira com tanta convicção, resolução e ardor bem intencionado como se estivessem defendendo a ver-

---

[1] Ilha no Danúbio, entre Buda e Pest. (N. do T.)

A mentira

dade. É impossível tirá-las desse lugar. Os poucos fatos são plasticamente ajustados aos fatos que não existem. Confesso que muitas vezes consigo admirar suas mentiras, como admiro sua leveza, suas proporções, suas delicadas nuances, como as de uma poesia. São perfeitas no seu gênero. Nós temos um sistema original e corajoso. Elas têm prática, que remonta há milênios. Neste gênero, nós podemos ser amadores mais ou menos talentosos e até sábios. Mas elas é que são as mestras, as artistas, as poetisas.

O MANUSCRITO

— O correio me trouxe um manuscrito tão volumoso — queixou-se Kornél Esti — que, quando o abri, fui tomado pelo pânico.

Era um romance, em duas partes, meticulosamente datilografado, amarrado com uma fita, acondicionado em um envelope resistente. Nem olhei o endereço do remetente. Só o nome.

Fora escrito por uma distinta e elegante senhora de idade, muito culta, amável, espirituosa, até mesmo inteligente, mas que, quando pegava na caneta, imediatamente perdia essas excelentes qualidades, e escrevia pior que uma escrevinhadora de diários.

Já lera alguns de seus escritos. Quando me recordo deles, tenho ainda que cerrar meus maxilares para evitar uma crise de bocejos. Se os soníferos mais fortes não me fazem efeito, é só trazê-los à mente, e no ato o sono me invade.

Levantei essa literatura de peso com um suspiro. Joguei-a na massa de manuscritos que se avolumava no canto do meu quarto.

Na carta que acompanhava o manuscrito, a autora me pedia para ler sem falta sua remessa porque muito lhe importa minha opinião. Dessa feita, prometo a mim mesmo que numa hora livre darei uma olhada.

Passadas duas ou três semanas, encontro-a na rua.

— Leu? — pergunta.

— Ainda não, minha senhora.

— Mas lerá?

— Naturalmente.

— Promete?

— Sim, prometo.

Esse manuscrito, desde então, já coberto pela poeira, tornou-se um fardo para mim. Muitas vezes tive pesadelos por sua causa. Não tive coragem de olhá-lo de novo. Mas sabia que eram 1.308 páginas. Lembrava-me disso porque, ao recebê-lo, notara que o número das páginas era igual à data em que o rei Carlos Roberto assumiu o trono húngaro.

Até pensar em folheá-lo me causava horror. Que sentido teria? O fato de outros me mostrarem manuscritos emociona-me, até me honra. Procuro cumprir minha obrigação com humildade, responder à confiança empenhada. Ainda não estou acomodado em relação ao meu ofício: ele me interessa como ao médico interessa o seu consultório sempre renovado de pacientes. Mas neste caso tinha certeza de que me defrontava com um doente incurável, do qual já renunciara anos atrás. *Nihil faciendum*. No máximo, poderia continuar a consolá-la, continuar a iludi-la, mas isso fere meu senso de justiça e, além do mais, me aborrece.

Na vez seguinte, ao vê-la numa reunião, corri em sua direção. Beijei suas mãos e balbuciei:

— Ainda não, minha senhora. Tenho milhares de coisas nojentas a fazer. Labuta diária. Mas daqui a um mês, me conceda esse prazo, a procurarei pessoalmente.

Passou-se um mês. Não nos encontramos. O verão também passou. Já começava a crer que ela tinha esquecido sua aventura literária. Para dizer a verdade, confiava, também, na sua morte próxima.

No outono, entretanto, numa tarde ensolarada, quando desavisadamente passeava com alguns amigos sob a sombra das árvores, eis que me acena tempestuosa e exigente. Juntou-se a nós.

Caminhávamos sob as árvores douradas. Eu e ela na frente; atrás, nas minhas costas, a uns dez passos, meus amigos.

— Então, leu? — interrogou-me com um sorriso humilde e ao mesmo tempo irônico, agressivo.

— Li — respondi ousado, rigoroso, quase grosseiro.

— Então agora me conte se gostou. Mas em detalhes, com sinceridade. Nada de galanteios. A mim só a sinceridade interessa. — Colocou sobre o nariz seus óculos de haste dourada e fitou-me.

— Sim — eu disse, ainda com rigor.

Caminhávamos devagar entre as árvores. Meus amigos batiam papo às minhas costas. Nem suspeitavam por que perigo mortal eu passava neste minuto. Olhei para trás, esperando ajuda, como o mau aluno que não estudou e quer cola. Não tinha escapatória. Eu é que tinha de enfrentar a situação, sozinho. Era prisioneiro da escritora.

— Bem — comecei, e tomei um grande fôlego, como se não achasse palavras por ter muito a dizer, abaixei minha cabeça, emudeci, como que para ordenar, dar forma às minhas impressões turbulentas.

Ela esperava.

O que eu podia fazer?

Simplesmente dizer que seu novo romance é excelente, e, de longe, sobrepuja os anteriores. Contra isso — pela minha experiência — os que escrevem não costumam protestar. Mas como já tinha atentado contra minha consciência, como acusava a mentira anterior, de que tinha lido o manuscrito, e assim me sentia um aventureiro depravado ou um escroque internacionalmente procurado, quis reparar minha frivolidade sendo de repente tomado por uma quixotesca honestidade absolutamente inexplicável, e caindo de uma armadilha em outra declarei:

O manuscrito

— Tenho restrições, minha senhora — mantive uma pausa. — Digo mesmo que restrições sérias e graves.

— Como assim? — riu com surpresa, abaixando seus óculos de haste. — Pois é justamente o que me interessa. Talvez o tema?

— Não, o tema, o tema é interessante e circular. O tema é redondo — e com as minhas duas mãos mostrei quão redondo era.

— Já sei o que é — interrompeu-me excitada. — Não gosta do desfecho, do final.

— Ao contrário. O final é perfeito — protestei. — Não se poderia terminar de outro jeito. A falha está em outra parte.

— Onde?

— Lá pelo meio — disse hesitante, e fitei-a com um olhar suplicante, quase que implorando.

— Lá, onde encontram a certidão de batismo de Marica, e descobrem que é filha ilegítima?

— Não. Isso é dramático e necessário. A falha está antes.

— Lá, naquela festa beneficente onde Marica faz o papel de anjo, durante os fogos de artifício, sabe, e o conde Kázmer se apaixona por ela?

— Essa cena é inesquecível. Marica, a pequena Marica, com suas asinhas brancas de anjo, no meio dos fogos de artifício vermelhos, pálida e ingênua, com suas mãozinhas a orar, é infinitamente emocionante. E o fato de justo nessa circunstância, e justo nesse momento, despertar o amor no conde Kázmer, é engenhoso, original, audacioso, e o principal, perfeitamente justificável sob o ponto de vista psicológico. Está antes disso, minha senhora.

— Ah, certo. Lá, quando dança com o barão Ottó Bolthay, no baile de Santa Ana?

— Está vendo — gritei sugestivamente, com tato de educador e abrindo meus dois braços: — Este é o lugar. É a isso que aludia.

Respirei. Agora já não me movia como antes dentro daquela escuridão desesperadora. Do vazio, do nada cego, onde há pouco nebulosos corpos disformes circulavam, de gota em gota um mundo se abriu, e já tinha até um sol, Marica, e uma lua, conde Kázmer, com o seu amor romanceado e encantador, e até uma estrela-guia: o barão Ottó Bolthay.

Caminhamos mudos um ao lado do outro. Eu pensava em meu destino, naquelas armadilhas que o imprevisível me reservaria para os próximos cinco minutos. Ela provavelmente pensava no amor insolúvel do barão Ottó Bolthay.

— Interessante — disse —, eu também sentia isso enquanto escrevia. Bolthay não deveria ainda se pronunciar tão decididamente.

— Por que não? — provocava —, afinal Bolthay — e pensava, afinal o que é Bolthay? —, Bolthay — disse decidido, sem aceitar outros argumentos — é homem, Bolthay é homem, homem da cabeça aos pés.

— Tem razão — concordou —, e depois Bolthay ainda não poderia saber que Marica é enjeitada, uma pobre órfã, que foi recolhida das ruas, como pássaro tremendo de frio, e nem poderia saber quem o conde Kázmer realmente é.

— Naturalmente — consenti com um aceno de cabeça, e eu mesmo estava interessado em saber quem era afinal o conde Kázmer. — O problema é que Bolthay nesse momento, pelo menos é como eu sinto, desenha um pouco demais a situação, um pouco em excesso.

— Pode ser — fala a escritora e para, olha no fundo dos meus olhos. — Mas diga, prezado Esti, o que você faria no lugar do barão Ottó Bolthay?

— Eu? — perguntei, e levantei os ombros.

Sob as árvores, os carros dos turistas domingueiros passavam a sessenta por hora. Minha esperança é que um deles me atropelasse e me salvasse da dolorosa obrigação de responder. Decepcionei-me com a minha esperança. Tinha de continuar:

— Em todo caso, aguardaria o desenrolar dos acontecimentos.

— Só que Marica, mais tarde, recebe uma herança fabulosa — argumentou.

— Está vendo — respondi —, é nesse momento que Bolthay deveria aparecer.

— Mas Bolthay então já não estava vivo — gritou desesperada. — Nesse meio tempo, o conde Kázmer matou-o num duelo.

— Sei — acenei com superioridade. — Mesmo assim é neste momento que sua imagem inesquecível deveria aparecer na alma de Marica. Entendo isso simbolicamente.

Aqui ela ficou um pouco empacada, como quem salta de uma altura de quebrar as pernas e depois se espanta com a sua ousadia. Tive que retroceder. Se no começo estava tímido e titubeante, no decorrer do tempo fui tomado pela audácia e parei de tatear no escuro, e já quase estava julgando os vivos e os mortos e confundindo os vivos com os mortos. Minha insolência chegou a tal ponto de chamar o barão Ottó Bolthay simples e jovialmente de Ottó. O conde Kázmer de Kázmer. Percebi que era um pouco cedo para tanto. Um ou dois pontos de apoio de Arquimedes não eram suficientes para deslocar a escritora de minha órbita. Uma nuvem impenetrável ainda ocultava a estrutura e o enredo do romance, personagens e caracteres. Deixei-a falar.

E ela falou por um quarto de hora, sem parar. Com aquele ardor torrencial que caracteriza os escritores quando falam de sua própria obra. Expôs-me a situação, o âmago social e psicológico da questão, a ideia de base e a moral, pincelou a vida corporal e espiritual de Marica, do conde Kázmer e de Bolthay, citou seus diálogos palavra por palavra, interpretando-os por vezes dramaticamente, depois voltou-se para os antecedentes e as consequências, os personagens secundários, apresentando alguns outros condes e barões, fez-me conhecer um príncipe de alma nobre, um criado fiel, e por fim revelou até o título do romance. O título era *O derradeiro amor de Marica*.

Finalmente abri a porteira. Depois de ter arrancado com delicadeza todos os seus segredos, comecei a falar e, dispondo desse descarado saber, analisei, relacionei, referenciei, demonstrei, interpretei, refutei, comparei, dissequei, enalteci ou censurei, sempre fazendo eco das suas frases, tão bem informado que ela mesma se espantou.

Essa foi a minha sorte. Enquanto extraía os argumentos de meu próprio arsenal, sem querer a distraí. Isto, porém, acabou a aborrecendo. Atrás de seu tema escondia-se um tamanho aborrecimento que atordoava não só aos seus leitores, como à própria autora. Mais meia hora e fiz com que batesse em retirada. Afoguei-a no seu próprio melado, na sua própria limonada quente. Agradeceu minhas frutíferas observações, minhas objeções pertinentes, iria retrabalhar o seu texto, e fugiu.

— O que é que aconteceu? — perguntaram meus amigos, ao retornar a eles, enxugando a minha testa. — Você está pálido.

— Trabalhei — respondi. — Foi um trabalho puxado.

A bem da verdade, ler seu manuscrito teria sido mais puxado ainda.

O PRESIDENTE

Meu compromisso era depois da meia-noite, às quinze para as duas, no Café Torpedo.

Procurei chegar pontualmente. Mas não consegui um táxi logo. Depois caiu uma chuva e tanto. Aí meu táxi começou a avançar com cautela, passo a passo. Eram duas e quinze quando abri a porta do salão reservado do Torpedo.

Minha aparição foi seguida de assobios indignados. Kornél Esti, já no auge de sua explanação, lançou um olhar de reprovação pelo canto do olho, e se calou.

Ao seu redor, a sua companhia habitual de gêneros diversos, oito ou dez espécies de escritores, uma ou duas mulheres. À sua frente, um copo de vinho sangue de boi, um prato de prata, nele um esqueleto de truta, leve como um conto de fadas, e um resto de molho verde-pálido.

Nesse silêncio inamistoso, tirei meu casaco de pele e acendi um cigarro. Alguém em voz baixa me esclareceu sobre os preâmbulos da história.

Contava sobre seus anos de estudante na Alemanha, sobre um velho senhor, fino e distinto, um dos notáveis da vida pública de Darmstadt. Seu nome completo: barão Wilhelm Friedrich Eduard von Wüstenfeld, presidente da associação cultural local, do Germânia, mas além disso era presidente, ou ao menos membro, de outras inúmeras associações, sociedades, círculos, cooperativas, conselhos, comissões e subcomissões políticas, literárias e científicas.

Portanto — continuou Kornél Esti —, isso sempre acontecia como eu contei. O presidente abria a sessão e adormecia. Mal o conferencista principal chegava à mesa, o presidente já estava dormindo. Adormecia rápido, como um relâmpago, como um bebê. Caía da borda da consciência direto para o poço sem fundo do sono. Cerrava os olhos. Profunda e graciosamente, dormia.

O conferencista dirigia-se à mesa, agradecia os aplausos, curvava-se, arrumava sua pilha de originais que se avolumavam ameaçadoramente, afiava sua garganta, e até começava sua explanação, que ou era sobre *A teoria do princípio da existência dinâmica*, ou sobre *Os nomes de plantas e animais que aparecem na poesia amorosa de Heinrich von Morungen*, mas tudo isso já não dizia mais respeito ao presidente, que discretamente escapara do mundo da consciência por uma porta invisível e misteriosa, ficando só o seu corpo como penhor, na cadeira do presidente.

Quando esse conferencista terminava, o presidente chamava o seguinte à tribuna, seguindo o programa impresso, depois o terceiro, e, enquanto esses cumpriam sua obrigação, ele também cumpria a sua.

Entendam: as conferências e o sono — interrompido por períodos breves, mas classificável de persistente e contínuo — do presidente tinham uma relação fatídica, quase de causa e efeito. O presidente abria a sessão e fechava os olhos. O presidente fechava a sessão e abria os olhos. No começo isso era um enigma para mim também.

Cheguei à Alemanha jovem e inexperiente. Havia quatro anos que estava no exterior, entre os alegres e leves franceses. Foi em Paris que o rigoroso telegrama do meu pai me encontrou, dizendo para me dirigir imediatamente à Alemanha, lá continuar meus estudos e ocupar-me só com os meus estudos, e não com literatura, como até então. Salientou no seu telegrama que, se eu não obedecesse, retiraria minha mesada. Por isso, ou pelo infinito amor que sentia por ele, de pronto obedeci ao seu desejo. Mas até hoje lhe sou grato por ter me obrigado a isso. Senão, não teria conhecido os alemães.

Naturalmente já ouvira falar algo sobre eles. Sabia que eram um dos maiores povos do mundo, aquele que deu para a humanidade a música e o pensamento abstrato. *Sombrio e carregado de pensamentos* — como canta seu deífico poeta Hölderlin. Costumo cantarolar as fugas de Bach e os versos de Goethe quando estou realmente triste. Entre pinheirais e montanhas mora um povo profundo e trabalhador — meditava solitário —, sobre a sua cabeça o céu estrelado e o universo moral. Em outras palavras, tinha os alemães em alta conta. Talvez, entre todos os povos, os respeitasse mais. Mas não os conhecia. Dos franceses, gostava.

Que perda teria sido se este conhecimento mais próximo não tivesse ocorrido. Um mundo novo se abriu diante de mim. Assim que meu trem rolou em trilhos alemães, passava de uma surpresa para a outra. Pode-se dizer que estava sempre de boca aberta, a partir do que meus companheiros de viagem deduziram que eu era um débil mental. Ordem e limpeza em todo canto, nos objetos e até nas pessoas.

Desci a primeira vez num pequeno balneário, para lavar a poeira. Não precisei perguntar para ninguém onde era o mar. Nas limpas e varridas ruazinhas, precisamente a cada dez metros, havia um elegante poste, nele uma placa branca esmaltada, com uma mão que aponta, embaixo a inscrição: *Caminho para o mar.* Seria impossível guiar melhor um turista. Cheguei ao mar. Lá, fiquei um pouco pasmado. Na areia, a um metro da água, um poste um pouco mais alto, mas totalmente parecido com os anteriores despertou minha atenção, e nele, uma placa branca esmaltada, um pouco maior, mas totalmente parecida com as outras, com esta inscrição: *O mar.*

O presidente

Para mim, proveniente de um lugar latino, parecia-me a princípio totalmente desnecessário. Pois uma agitada imensidão espumava diante de mim, e era óbvio que ninguém poderia confundir o Mar do Norte com uma escarradeira, ou com uma lavanderia. Mais tarde reconheci que me enganara na minha superficialidade juvenil. Era justamente nisso que estava a verdadeira grandeza dos alemães. Isto era a própria perfeição. A inclinação dos alemães para a filosofia exigia que concluíssem a tese e apontassem o resultado, como muitas vezes um matemático escreve numa demonstração que $1 = 1$, ou na argumentação lógica, em que muitas vezes se constata que Pedro = Pedro (e não a Paulo).

Em Darmstadt aluguei um humilde e pequeno quarto de um tanoeiro. Lá também fui recebido por uma série de surpresas. A família era agradável, atenciosa, muito limpa. O pai do tanoeiro, um velho senhor, que parecia uma pessoa muito simples, cuidava de mim com calor humano, eu, um zé-ninguém que veio do estrangeiro. Ao anoitecer, quando chegava em casa, sempre me perguntava: *Então, meu jovem, conte-me o que apreendeu hoje 1. sob o aspecto humano, 2. sob o aspecto literário, 3. sob o aspecto filosófico.* Não sabia responder a essa questão de pronto. Não só porque ainda falava mal o alemão. Esse — para mim inusitado — aprofundamento me embaraçava, essa classificação tão familiar para um cérebro alemão. Meu cérebro bruto quase rachava. Vinha à mente que nesse dia pela manhã lera Hegel na biblioteca, depois, no refeitório estudantil, comera molho de aneto, de tarde passeara com Minna pelos jardins da cidade. Será que a biblioteca era uma experiência humana, o molho de aneto uma experiência literária e Minna uma experiência filosófica, ou ao contrário? Antes, para mim, essas três eram uma só. Misturava a biblioteca com o molho e com Minna, e a experiência humana com a literária e a filosófica. Custou um bom tempo até que — graças a uma contínua ginástica mental — conseguisse separá-las.

É um povo misterioso, posso dizer. Não existe povo assim tão misterioso. Pensa continuamente. Conheci um maroto atrás do outro, que por "princípio" só comiam coisas cruas, que toda manhã — por "princípio" — realizavam exercícios respiratórios, que de noite — por "princípio"— dormiam numa cama dura, sem cobertor, até num inverno de rachar. Sua cultura era ofuscante. Da escola iam para a faculdade, mas nem lá davam por finalizados seus estudos, e tenho a suspeita de que depois todos se inscreviam na universidade da vida. A universidade da vida, com sua estrela mirífica, está nos seus cômputos, inclusive nas suas agendas. Até as garotas e senhoras falam dela como de um conhecido cabaré. Geralmente as mulheres alemãs são sentimentais e românticas. São parecidas com as mulheres francesas. Talvez a diferença entre elas esteja no fato de que as francesas geralmente têm os olhos grandes e as alemãs têm grandes geralmente o pé e a alma, que a tudo enobrece e toda beleza recebe. Ao primeiro contato, mostram suas características exaustiva, inteligente e reservadamente. Revelam o eixo e o perfil de sua vida espiritual, duas ou três propriedades cardeais e sintomas gerais, como o doente costuma revelar a história de sua doença para o médico. São por demais sinceras. Nem seus defeitos escondem. Não se envergonham do que é humano. Mal comecei a namorar uma charmosa divorciada, sob as tílias, e ela confessou-me, numa tarde de outono, que o parto causara-lhe hemorroidas, e até hoje sofria com elas. Não foi minha curiosidade que a levou à confissão, mas sim o fato de ser sincera e humana. É um mundo estonteante.

Uma após a outra, as portas dos melhores lares abriam-se para mim. Aceitavam-me no seu círculo como se nem estrangeiro fosse. Os poucos méritos que eu tinha eram enaltecidos. Apreciavam todas as outras nações quanto maior era seu apego à sua própria identidade nacional. Não proclamavam princípios internacionais. Praticavam. Os alemães são instintivamente humanos. Eu também tinha o meu lugar na mesa da família. Não faço segredo de que ali também me espantava com uma ou outra coisa. No fim do jantar me ofereciam um queijo comprido, em formato de barra, branco pálido, bastante fedido, que chamavam de *Leichenfinger*, "Dedo de cadáver". Enchiam o meu copo com um licor vermelho escuro, que também segundo o rótulo oficial da fábrica se chamava *Blutgeschwürr*, "Abscesso de sangue". Como um homem bem-educado, mordi o dedo do cadáver e lavei a boca com a secreção pegajosa do abscesso de sangue.

Só com uma coisa não consegui travar amizade por um longo tempo: os seus recipientes de mostarda. Nas mesas das melhores famílias havia um recipiente para mostarda bastante estranho, com o qual — mais tarde fiquei sabendo — o fabricante enriquecera. Sua mercadoria era afoitamente disputada em todo lugar, ele nem conseguia produzir o suficiente. Esse recipiente para mostarda era uma minúscula porcelana branca, uma miniatura de latrina enxaguável com água, com um tampo marrom que a fechava com uma dobradiça, inequivocadamente imitando o que era para ser imitado, e só uma inscrição revelava: *Senf*, "Mostarda". Aí eles guardam a mostarda marrom-amarelada, que passam no chouriço quando alegremente petiscam. No começo, não entendiam por que eu só conseguia comer com um apetite moderado quando esse pequeno objeto, alegre e divertido, punha-se provocante à minha frente. Eles se divertiam com isso. A noiva e o noivo também contemplavam-no com um sorriso, e já sabiam que em seu futuro lar também teriam um. Respeitáveis mães de família, em cuja presença seria impossível fazer uma observação um pouco mais apimentada, ofereciam-no alegremente à visita. Os meninos cheiravam-no fazendo uma careta, lambendo as gotas marrons grudadas no vaso de porcelana, e as meninas, a quem os bondosos pais fotografavam com as mãos em oração, escavavam voluptuosamente a papa coagulada e, como fanáticas limpadoras de fossas, diluíam-na com vinagre.

Confesso que por algum tempo estranhei esse saudável bom humor estudantil. Anteriormente já passara pela escola de Paris, deliciando-me com os multicoloridos teatros de Montmartre, todas as pesadas grosserias e todos os finos duplos sentidos; também estudara a poesia decadente, que muitas vezes coloca no trono a perversidade e a podridão. Mas isso me era estranho. Foi a sua franqueza que me espantou, essa risonha familiaridade de uma postura diabólica. Mas quem pode entender um povo?

Repito, esse povo é inescrutavelmente misterioso. Leal, inteligente e atencioso. Se eu adoecia, a própria dona da casa fazia minha cama, remexia e assentava meu pequeno travesseiro, enrolava compressas, media minha temperatura, fazia-me beber chá de tília, e me tratava com amor maternal e com sabedoria técnica. Só as mulheres alemãs sabem tratar assim. Chamavam o médico também. Os médicos alemães não têm igual. O menos experiente deles vale um professor universitário no exterior. Seus olhos azuis fitam compreensivamente a testa febril, com uma inexprimível objetividade e carinho. Com seus remédios, que as mais importantes indústrias químicas do mundo fabricam em milhares de versões, curamo-nos imediatamente só de os mirarmos. Frequentemente dizia comigo mesmo que só entre os alemães quero ficar doente e morrer. Mas para viver, prefiro outro lugar: minha casa, e, em férias, a França.

Mas eu não fui lá viver, mas sim estudar. Antes de tudo aprender a sua um pouco dura e áspera, tortuosa e complicada, mas linda e antiga língua, a qual eu só gaguejava com deficiência e imperfeição. Muitas vezes não entendia o que diziam. Muitas vezes eles não entendiam o que eu dizia. Es-

O presidente

sas duas falhas não se anulavam, mas se somavam. Toda a minha ambição era saber alemão. Punha-me a escutar, como um agente secreto. Procurava conversar com todos. Gramáticas e dicionários vivos corriam ao meu redor. Procurava folheá-los. Adiantava-me a cumprimentar até as crianças de três anos, pois até elas falavam alemão melhor do que eu, apesar de eu ter lido no original e entendido os *Prolegômenos* de Kant. Se não compreendesse uma palavra perdida na rua, perdia meu bom humor. Uma vez quase tentei o suicídio, quando um comerciante, percebendo o sotaque — no mais, tolerável — da minha fala, não respondeu às minhas perguntas, mas — provavelmente por atenção — falou por sinais, como os surdos-mudos ou como os homens das cavernas costumavam fazer. Sem frouxidão, trabalhava com tenacidade, e nada deixava passar que auxiliasse meu desenvolvimento. Infelizmente, muitas frustrações me atingiram. Tarde da noite, depois de uma festa de estudantes, voltei de charrete para casa. Perguntei para o condutor quanto lhe devia. Provavelmente entendi mal, e pus dinheiro a menos na sua mão. O condutor começou a berrar, chamou-me de garoto piolhento, quase me açoitou com o chicote, mas eu pasmei vendo quão corretamente ele usava os verbos irregulares, com a maestria com que ele juntava o sujeito ao predicado, quão rico e variado era o seu repertório de palavras, e procurei meu bloco para anotar tudo isso. Isso espantou até o próprio condutor. Não a sua riqueza de vocabulário, mas o fato de aguentar suas pesadas grosserias de uma maneira tão resignada. Achou que eu era uma espécie de fundador de seitas, ou louco. Mas eu era apenas um linguista.

Então eu ia a todo lugar, onde, publicamente ou não, se falasse alemão. O Germânia ou outras associações culturais tinham poucos frequentadores tão assíduos como eu. Fosse onde fosse, eu queria ouvir alemão, quanto mais, melhor, e não me importava com o que ouvia.

Permitam que, depois desse longo mas necessário perambular de ideias, finalmente eu volte para o barão Wüstenfeld, para o presidente, a quem deixamos dormindo — e posso garantir que ainda dorme. Que diriam disso os habitantes de Darmstadt? Bem, estavam acostumados. Mais tarde eu também me acostumei. Porém no começo — lembro —, numa sessão de leituras, voltei-me para meu vizinho, cidadão de Darmstadt, e perguntei por que o presidente estava sempre dormindo. O cidadão de Darmstadt se espantou com a minha indagação. Fitou-me, depois olhou para o presidente, e respondeu, objetivamente, que o presidente está realmente dormindo, mas afinal ele é o presidente, e encolheu os ombros, como se eu tivesse perguntado por que brilha o sol. O presidente é presidente para dormir. Naquela época, tomaram conhecimento disso, e começaram a ordem do dia passando por cima deste fato.

Pedi desculpas pela minha curiosidade. O tempo passou e descobri que eles é que tinham razão. O presidente era um homem velho. Era um homem muito velho. Muito velho e muito cansado. Obviamente, era por isso, em todo canto, chamado de "o infatigável guerreiro da educação geral". Também era chamado de "guarda alerta da educação geral", mas não por ironia e nem sem fundamento. Esse homem de grande cultura, de larga visão, com uma longa carreira às suas costas atuava na vida pública de manhã à noite, com aplicação. Logo cedo abria uma reunião pública extraordinária, pelo meio-dia convocava uma subcomissão preparatória qualquer, de tarde dirigia um debate político e, à noite, num jantar de gala, saudava o homenageado. Geralmente presidia todas as ocasiões, tocava a campainha, fazia um discurso de abertura ou de encerramento em todos os lugares. Ao mesmo tempo, comparecia a todos os lugares onde era necessário, e seu nome sempre estava na relação dos presentes. Não é de se estranhar que, sob o peso de to-

O presidente

dos esses anos, tenha se cansado com tantas atividades úteis e apaixonantes?

Sem dúvida, não era de se estranhar. Aos poucos, eu também comecei a achar natural o que toda Darmstadt, todo Hessen, e até toda a Alemanha achava natural. Quando, como um aluno atordoado, irrompia sem mais nem menos nos respeitáveis salões revestidos de madeira do Germânia, e queria me certificar de que tinha chegado em boa hora, não olhava para o tiquetaqueante relógio pendular da parede, nem para a mesa do conferencista, nem para o público, só para o tablado do presidente. Se o presidente estava dormindo, então eu sabia que a sessão tinha começado. Se o presidente não estava dormindo, então a sessão não tinha começado, e eu ia então até o corredor e fumava um ou dois cigarros. Infiltrou-se em mim a convicção de que o sono do presidente era o início do trabalho intelectual, era o seu sinal infalível e também sua mensuração científica.

Os próprios conferencistas pensavam a mesma coisa. Não os atrapalhava ou ofendia esse hábito de seu presidente? Pelo contrário. Assim que a primeira palavra de sua leitura levava o presidente para um irresistível berço, eles também retiravam coragem e inspiração do sono do presidente. Se percebiam que ainda estava acordado, esperavam um pouco — bebiam água, regulavam a luminária —, mas não tinham que esperar muito, pois logo o presidente dormia o sono dos justos. Alguns, nos primeiros minutos, mal tinham coragem de falar. Murmuravam as palavras introdutórias, quase sussurravam, como as mães sobre os berços dos filhos, seus pensamentos e sentimentos quase caminhavam na ponta dos pés; só aumentavam, alargavam a sua voz, só se entregavam às euforias da gradação retórica, depois de se certificar de que o sono do presidente tinha atingido seu estado de necessária profundidade, e nada iria acordá-lo. Será preciso observar que essa atenção filial, acima de tudo emocionante, que essa cautela proveniente de um profundo respeito era totalmente desnecessária?

Ai, meus amigos, como esse sabia dormir. Nunca vi presidente algum dormir assim e, podem crer, eu já vi muitos presidentes dormirem, na Alemanha e em outras pequenas ou grandes nações europeias. Eu já falava bastante bem o alemão, e só frequentava o Germânia e outros lugares para admirá-lo. Mas eu não era o único a ser guiado por esse objetivo. Zwetschke, um jovem ágil e inteligente neurologista, com quem fiz amizade nesse endereço, só estudava o presidente. Apareciam também estrangeiros, noruegueses, ingleses, dinamarqueses, presidentes na sua maioria, que, apesar de sua idade avançada, somente peregrinavam para Darmstadt a fim de espionar o método de seu prodigioso colega, seu segredo, sua astúcia, para depois, na sua difícil profissão cheia de responsabilidades, fazer frutificar essa experiência em proveito próprio.

Mas como ele dormia? Com maestria, de forma admirável, com perfeição, com uma arte inigualável. E isso até era compreensível. Ainda jovem, aos vinte e oito anos, recebeu essa honorável função, e desde então — havia já uma geração — sempre a exerceu, no Germânia e em outras associações culturais. Adquiriu uma enorme experiência. Nos seus dois lados, na tribuna, era circundado por dois vice-presidentes, como se fossem o ladrão da direita e o da esquerda. Professor Dr. Hubertus von Zeilenzig e Professor Dr. Eugen Ludwig von Wuttke. Não digo que esses não cochilassem, tirassem uma pestana, uma soneca, até dormissem, mas somente com um olho, que nem um coelho, e nervosamente, como um cachorro. Bastava um observador perspicaz dirigir-lhes um olhar, e logo se percebia qual é a diferença entre o mestre e os aprendizes — esses eram só estudantes, só vice-presidentes, e nunca se tornariam presidentes. Ele, por sua vez, que entre eles dormia com profunda técnica e convicção, era um

O presidente 57

presidente, o verdadeiro presidente. Foi Deus que o criara para esse fim. Ouvi em Darmstadt que essa sua rara aptidão já se manifestara na infância e, enquanto inconsequentes camaradas alegremente jogavam futebol no campo, ele se retirava para um monte em forma de tribuna e de lá presidia.

Dormia de forma significativa, severa e respeitavelmente, mas com um respeito e dignidade indescritíveis. Com isso nem de longe quero insinuar que prescindisse de qualquer dessas desejáveis qualidades em estado desperto. Desperto, também era respeitável. Amável, mas frio; justo, mas sério. Ao aparecer em qualquer lugar com seu sobretudo social abotoado até o pescoço, com sua gravata preta comprada em magazine, com sua calça vincada, os sorrisos congelavam nos lábios. Contam nossos amigos que, num verão, ao receber os naturalistas alemães e guiá-los oficialmente pelas florestas de Darmstadt, ao pisar na floresta os melros, os chapins, e todos os outros pássaros canoros simultaneamente pararam suas canções não condizentes com a solenidade do momento. Mas seu prestígio crescia ainda mais quando dormia. Nesse momento se autotransformava numa estátua enigmática. O sono improvisava uma espécie de delicada máscara mortuária sobre seu rosto. Até lembrava um pouco Beethoven.

Além disso, dormia com distinção, apuradamente, com nobreza e, por assim dizer, com elegância e cortesia. Por exemplo, nunca roncava, jamais babava. Sabia a medida. Afinal, era barão, nobre. Trazia um pouco sua cabeça para os ombros. Cerrava os olhos. Mas cerrava de tal forma como se só quisesse aumentar sua capacidade de atenção com o desligar do sentido da visão, como se quisesse com isso render homenagens à ciência e a literatura. Com esse aprofundar interior, seu rosto também se transfigurava, era tomado por uma espécie de devoção religiosa. Com certeza, aquela velha cabeça, frouxamente sustentada pelos músculos da nuca, no momento seguinte, regida pelas leis da queda livre, caía, mais e mais, em direção à mesa forrada com um tecido verde, e a cabeça levava o tórax, e o tronco também. Receei muitas vezes que seu rosto caísse sobre a campainha presidencial, que o atraía como um magneto, e sua boca a beijasse. Mas, para tranquilizar vocês, isso nunca aconteceu.

E é isto que era prodigioso. Dormia com consciência e economia. Assim que sua balançante cabeça atingia o ponto mais baixo, ela mesma se elevava, o tronco se endireitava, e então tudo começava de novo. Tinha o domínio de si. Conhecia no espaço infinito o território demarcado para a sua caça, em que podia atuar sem desrespeitar a educação e as boas maneiras. Até em sono sabia que praticava um ato proibido, e só condicionalmente se permitia esse pequeno pecado perdoável da velhice, que era tão doce e compreensível como mascar tabaco. Sua autodisciplina colocava um ponto final quando necessário.

Nem uma vez aconteceu que dormisse mais que a duração de uma conferência. Acordava sozinho, um ou dois segundos antes do término da leitura. Com que despertador? Era-me um eterno mistério. Segundo Zwetschke, meu amigo neurologista, eram os próprios conferencistas que o alertavam, que, querendo terminar com efeito, apostavam na emoção, finalizavam seus textos com mais vigor e sonoridade. Não aceitei a sua explicação. Pois o suave fecho das poesias líricas, docemente misterioso, sua música fugidia, também tinha o efeito despertador, e ele estava a postos em todas as ocasiões, em guarda, como o espírito vigilante das ciências e das letras, e como quem já há muito está desperto, invejavelmente informado. Com direito e dever presidenciais agradecia em frases redondas e sagazes a "conferência substanciosa, estimulante e que, ao mesmo tempo, nos entreteve", ou "a poesia repleta de cores, de alto nível, mas plena de atmosfera".

Zwetschke observou que dormia conforme os gêneros. Disse que dormia mais profundamente sob as conferências

O presidente

filosóficas e mais superficialmente sob as poesias líricas. Segundo seu raciocínio, o presidente, com base na sua larga experiência, ajustava o seu sono às condições topográficas dos diversos gêneros. Também não aceitei essa sua explicação. Inclinava-me para aquela suposição, proferida por vários cientistas, de que durante o nosso sono, no fundo da nossa consciência, sempre levamos em consideração o tempo, e acompanhamos precisamente a rotação da Terra através do nosso instinto ancestral, e esse movimento nos serve como uma máquina de leitura do tempo. Daí vem que, quando queremos acordar numa dada hora, sempre acordamos, e quando nos preparamos para viajar, e colocamos nosso relógio interno para as cinco, um minuto antes das cinco estamos a postos. Era esse instinto que atuava também no nosso presidente.

Chegou a acontecer — não nego — que numa ou noutra coisa insignificante ele também se equivocasse. Afinal, apesar de possuir um espírito excepcional, uma alma ímpar, ele também era um ser humano, como nós. Mas só se equivocou duas vezes. O conselheiro particular, Dr. Max Rindfleisch, lia um trecho de seu romance versificado sobre Frederico Barbarossa. Menos de dez minutos depois o presidente abriu os olhos. Isso causou sensação e espanto gerais. A audiência começou a sussurrar. Alguns levantaram, para ver melhor. O próprio presidente se assustou. Uma dúvida se acendeu em sua alma, a de que talvez tivessem percebido seu cochilo, e ficou um pouco corado. Então, para enganar a audiência, recorreu a uma artimanha diabolicamente esperta. Decidiu cerrar os olhos de novo, e também decidiu depois abri-los várias vezes, em seguida, sinalizando que conscientemente mantinha os olhos cerrados, pois só assim conseguia manter sua atenção. Até cerrou os olhos. Mas não os abriu de novo. Suas pálpebras imediatamente se grudaram sob a ação do mel morno do sono doce, sua cabeça dirigiu-se à mesa pela rota de voo conhecida, e de lá voltou, e assim oscilava para lá e para cá, até que o conselheiro particular, Dr. Max Rindfleisch, terminasse a apresentação do trecho de seu romance, no mais, substancial e edificante.

Qual foi o segundo caso? Ah, sim. O segundo foi ainda mais chocante. Vocês têm de saber que nessa associação cultural uma palestra durava pelo menos hora e meia. O Professor Dr. Blutholz, conselheiro da corte, o conhecido filósofo, lia sobre um tema em voga e muito popular na Alemanha: *Das raízes primordiais e das quatro características metafísicas do mundo inteligível*, e acalorou-se um pouco na sua instigante exposição, pois já lia sem parar havia duas horas. Foi então que o presidente abriu seus olhos nebulosos. Como quem aparece de algum lugar do fundo do poço da metafísica, não sabia onde estava, se era o encerramento que se aproximava, e só enxergava o palestrante e o público como uma visão fantasmagórica. Por sorte, foi naquele instante que o Professor Dr. Blutholz, conselheiro da corte, declarou que, depois dessa breve introdução, finalmente ia passar para o tema propriamente dito. Essa frase atuou sobre o presidente como o clorofórmio, que os zelosos anestesistas adicionalmente aplicam sob a máscara dos impacientes pacientes que gemem presos à mesa de operação quando acordam durante a mesma. Ele também imediatamente se tranquilizou, e passou para o "tema propriamente dito": continuou a dormir, bela e uniformemente.

Com o que sonhava nessas ocasiões? Sobre esse aspecto, nossas opiniões eram divergentes. As mulheres alemãs, que são — como já mencionei — sentimentais e românticas, dizem que em sonho ele vê pequenas corças e, pelos campos de sua infância, corre com uma rede para apanhar borboletas. Já naquela época Zwetschke se interessava pela psicanálise, e achava provável que o presidente tecesse um sonho tal que ajudasse o seu sono, e como o seu desejo era só um, po-

O presidente

der dormir, considerava seu sono o espelho da realização desse desejo, em pequenos quadros atraentes: o conferencista cai da tribuna, seu cérebro se espatifa e morre imediatamente, a audiência se atropela numa confusão cega, uma guerra de extermínio explode, sangrando uivam e morrem, e os lustres se apagam, as trevas caem sobre todos, as paredes do Germânia desabam, o presidente encerra definitivamente a sessão e vai para casa dormir no seu colchão de penas. Em tese, concordei com essa interpretação de sonho. Só me doía que ao presidente, que considerava a pessoa mais amável do mundo, fosse reservado tal papel pelo eminente neurologista. Eu supunha que ele, até em sonhos, se abstivesse das ideias de violência e assassinato. Disse para o meu amigo que não é interesse do presidente encerrar a sessão, mas sim prolongá-la o máximo possível. Preferi imaginar então que, no seu sonho, o presidente visualiza sem cessar o conde Lev Tolstói, que visita a sua humilde associação em Darmstadt, e lá lê os três grossos volumes de *Guerra e paz*, do começo ao fim, o que em primeiro lugar honra a educação geral alemã, e em segundo assegura ao presidente do Germânia pelo menos uma semana de sono ininterrupto. Até hoje me orgulho do fato de essa minha explicação ter sido aceita até pelo excelente Zwetschke.

Repito, o presidente era um homem bondoso, tolerante, de mentalidade liberal. Dormia por liberalismo. O que mais poderia fazer? Eu, um jovem de vinte anos, com saúde de ferro, nervos de aço, que só havia três quartos de ano ouvia dia após dia aquelas conferências, que ele, como presidente, era obrigado a ouvir havia cinquenta e sete anos, estava atormentado, e sinais preocupantes apareciam em mim. Com aquela estupidez enjoativa, aquele blablablá extravagante que geralmente é chamado poesia lírica, aquela bobagem tediosa e lamacenta que geralmente é chamada ciência, aquela colheita de burrice beatificante, aquela mixórdia de teorias que é geralmente chamada política, uma noite, no meu pequeno e humilde quarto, tive um acesso de cólera, ao mesmo tempo em que comecei a ter a visão distorcida e a gritar, e durante duas horas gritei do fundo dos meus pulmões, até que o fiel Zwetschke, acudindo-me à cama, me aplicasse um calmante de escopolamina que, como sabem, costuma ser aplicado nos loucos furiosos. Imaginem o que aconteceria com esse respeitável presidente, realmente merecedor de uma sorte melhor, se não tivesse encontrado a tempo a única solução, e seu saudável espírito não se defendesse contra essa doença do jeito que se defendia. Isto era simplesmente sugerido pelo seu espírito de sobrevivência. Com isso não salvava apenas a si próprio, mas também salvava a educação pública, a ciência e a literatura, salvava sua nação, e também salvava a humanidade com pretensões progressistas.

Sim, o seu sono era o cumprimento do dever nacional e humano. Enquanto dormia objetivamente, sem ser tendencioso, sem tomar partido, sem prejulgamentos, ao mesmo tempo para a direita e para a esquerda, tanto em direção aos homens como às mulheres, tanto em direção aos cristãos como aos judeus, quer dizer, sem distinção de idade, sexo ou religião, parecia que fechava os olhos sobre todos os pecados humanos, e não só "parecia", mas realmente o fazia. Acreditem, o sono é a verdadeira concordância. O adormecido cochila, e com isso tudo aprova. Posso afirmar que, nos respeitáveis salões revestidos de madeira do Germânia, às vezes até o mais paciente dos ouvintes desejava mandar aos diabos o conferencista, desejava que tivesse derrame cerebral, desejava que fosse emudecido por um câncer na língua, inchasse sua asquerosa cara bochechuda, e que só um homem se prontificava a sempre ser complacente: o presidente, que sempre dormia. O seu sono pairava como uma enorme asa sobre os milhões e milhões de besteiras e vaidades do espírito humano, sobre a ambição estéril e sobre os desejos vis, sobre a dan-

O presidente

ça invejosa e safada da virtude, sobre todas aquelas repelentes inutilidades que se chamam de vida pública, ciência e literatura. *Qui tacet consentire videtur*. Quem cala, consente. Mas existe um consentimento tão verdadeiro como o sono? O seu sono era construção frente à destruição, o incentivo e a salvação da sociedade: o seu sono era a própria compreensão e o perdão.

Meus amigos, quem dorme sempre compreende e perdoa. Quem dorme nunca será nosso inimigo. Assim que uma pessoa adormece, dá as costas ao mundo, a todo o ódio, todo mal cessa de existir, que nem para um morto. Os franceses dizem: "viajar é morrer um pouco". Eu nunca acreditei nisso, pois gosto de viajar, e todas as vezes que subo num trem, sinto que estou renascendo. Mas dormir é como morrer um pouco, não apenas um pouco, mas muito, tanto quanto se distanciar da vida, que afinal nada mais é que a consciência, é como morrer com perfeição por um curto espaço de tempo. É por isso que o homem que dorme abaixa a guarda, sua vontade — com sua ponta afiada e nociva — é recolhida, e comporta-se com tal indiferença em relação a nós como quem já há muito começou a se decompor. Quem quer maior boa vontade do que isso na terra? Eu sempre exigi respeito para aqueles que dormem, e nunca deixei que fossem ofendidos na minha presença. "Sobre os que dormem, só bem, ou nada" — esse é o meu lema. Falando com sinceridade, não entendo por que não homenageamos por vezes também os que dormem, por que não jogamos nas suas camas, se não uma coroa de flores, ao menos uma flor, por que não organizamos, depois de terem adormecido, um pequeno banquete que alegrasse os corações, que por um tanto nos livramos de sua presença muitas vezes penosa, muitas vezes aborrecida, e no despertar por que não fazemos soar divertidas trombetas infantis, com isso aclamando nosso renascer de cada dia? Isso ao menos merecemos.

Ele mereceria mais, muito, muito mais. Mas grande parte da humanidade é de incorrigíveis idiotas, plenos de presunçosos preconceitos, cheios de falsos pudores. Depois de um certo tempo passaram a provocá-lo. Principalmente os poetas armavam-lhe intrigas, esses briguentos seres desequilibrados, que falsamente se intitulam apóstolos, mas, em dupla, roem a carne do terceiro. Os poetas, que cantam a pureza, mas que passam ao largo até das proximidades de um banho. Os poetas, que esmolam de todos, até dos mendigos, uma pequena palavra, um pouco de carinho, esmolam só uma estatuazinha na esquina, a esmola da imortalidade dos mortais, esses cabeças de vento, invejosos, pálidos masturbadores, que venderiam sua alma por uma rima, por uma indicação, que expõem no mercado seus segredos mais íntimos, que tiram vantagem até da morte de pais, mães, filhos, e mais tarde, anos passados, "numa noite de inspiração", quebram suas tumbas, abrem seus caixões, e com a lanterna de gatunos da vaidade pesquisam "emoções", como os ladrões de tumbas procuram dentes de ouro e joias, depois confessam e se arrependem, esses necrófilos, esses feirantes. Desculpem, mas eu os odeio. Lá em Darmstadt, na minha juventude, passei a odiá-los. Não podiam suportar o augusto presidente. E tinham as suas razões. Eles, que nos seus versos vomitados sem nenhum fundamento se intitulavam "cavaleiros dos sonhos", "sonhadores de sonhos", invejavam o nobre velho, que era sonhador no sentido estrito do termo. Enfadonhamente, sem cessar, tornavam-no alvo de piadas maliciosas. Diziam que havia décadas realizava suas necessidades soníferas em público, como aqueles faquires que jejuam em gaiolas de vidro oficialmente seladas, às vistas do público. Diziam que só não tirava seus óculos do nariz durante as sessões pois queria ver com mais nitidez os seus sonhos, porque era tão míope que nem os seus sonhos veria e, no seu tédio, acordaria. Diziam que, desde que atuava na vida pública, a expres-

O presidente

são "a vida é um breve sonho" perdera o sentido, pois desde então a vida parecia ser um sono muito longo. De mãos juntas eu lhes pedia consideração e clemência. Salientava que até os melhores têm seus pequenos defeitos, que devem ser perdoados por causa de suas qualidades. Joguei sobre suas cabeças também o verso de Horácio: *Quandoque bonus dormitat Homerus*.[2] Sobre isso responderam que era verdade, mas o presidente não só cochilava, mas dormia eternamente, e que, fora isso, não tinha outros talentos.

Lutei desesperadamente. Mas a crescente enchente ameaçava tudo cobrir. De tempos em tempos a raiva dos poetas aparecia publicamente num jornal satírico, num artigo agressivo. Odiavam-no. Mas qual o motivo? Provavelmente sua visão de mundo, enfática e sentimental. Esses, que conscientemente transformavam sua vida num monte de lixo, só para que alguns cogumelos venenosos nascessem nele, não suportavam aquela limpeza, aquele incomparável gigante, com personalidade de líder, aquele íntegro gigante do espírito. Enquanto tranquilamente dormia na sua cadeira de presidente, eles viam todo o tipo de ameaças, naturalmente sem razão, porque o olhar deles sempre era turvo, seu julgamento sempre era torto. Lembravam o capitão do navio que adormece sobre o timão e abalroa um iceberg. Lembravam o guarda ferroviário que ronca ao lado da mudança de trilhos, às suas costas já sorri o esqueleto, é esse que dirige para o trilho errado o trem em disparada, rumo ao seu destino fatal. Que associações falaciosas, que paralelos mais mancos. Realmente deve-se vigiar o navio e o trem. São realidades. Tragédia acontecerá se se chocarem com outras realidades. Mas, pergunto eu, que tragédia poderia acontecer com a ciência e

---

[2] "De vez em quando até o bom Homero cochila" — verso 359 da *Arte poética*, de Horácio. (N. do T.)

a literatura? Pergunto eu: quem ou o quê esse presidente realmente respeitável prejudicou, só por ter adormecido devido a seus afazeres cabeludos? Pergunto eu: não ajudava com isso a tudo e a todos? Creio que tenho razão.

Eu ao menos tenho a experiência de que na vida pública só se pode manter a paz e a união se deixarmos tudo ir no seu próprio rumo, se não nos intrometermos nas eternas leis da vida, que não dependem da nossa vontade, e que por isso dificilmente poderíamos modificar. Essa era a expressão do sublime sono do presidente, que superava dificuldades. Até agora, na terra, toda a desordem se originou do ato de alguns quererem fazer ordem, todo o lixo se originou do ato de varrer. Entendam, a verdadeira maldição deste mundo é a organização, a verdadeira felicidade é a desorganização, o inesperado, o capricho. Dou um exemplo. Fui o primeiro a chegar. Por uns minutos estive só no salão reservado do Torpedo. Entrou Berta, a vendedora de pão. Comprei um pão de forma redondo e a beijei na boca. Um segundo antes nem imaginava que iria proceder assim. Nem ela suspeitava. Por isso foi belo. Ninguém planejou este beijo. Se tivesse planejado, o resultado seria casamento, obrigação azeda e sem sabor. As guerras e as revoluções são planejadas, por isso são tão horrorosas e pérfidas. Uma facada na rua, o assassinato de um cônjuge, o extermínio de uma família é algo muito mais humano. A literatura também morre pela organização, a camaradagem, o corporativismo, a crítica caseira, que escreve "algumas linhas amáveis" sobre o burro chefe. Mas um escritor, que escreve seus impublicáveis versos sobre a mesinha de lata do sanitário do café, sempre é um santo. Os exemplos provam que a humanidade conduziu à desgraça, ao sangue e ao lixo aqueles que se entusiasmaram pelas causas públicas, que levaram a sério a sua missão, que velaram calorosa e seriamente, e seus benfeitores foram aqueles que só se ocuparam de seus próprios afazeres, os faltosos, os indiferen-

O presidente

tes e os que dormem. O fato de o mundo ser dirigido com pouca sabedoria não constitui um problema. O problema é que seja dirigido.

Não se espantem, meus amigos, de ouvir tais profundas reflexões filosóficas de mim, que prefiro falar de frivolidades. Dele aprendi isso, e mais que isso nunca aprendi de ninguém nessa vida, meu respeitável amado pai e mestre, apesar de ele nunca ter me ensinado, pois sempre dormia. Ele era a própria sabedoria. Aqueles catarrentos e desgrenhados poetastros, que se pronunciavam a seu respeito por cima dos ombros, nem imaginavam quão sábio era ele, o quanto ele via, o quanto sabia. Via que tendências apareciam e desapareciam, sem deixar vestígios. Via que os maiores escritores da Alemanha de hoje de um dia para o outro se tornavam os menores escritores da Alemanha, e que os novos poetas, sem nenhum motivo palpável, saem de moda em alguns minutos, enquanto inocentemente se barbeiam nas suas casas. Ele saudava aquelas mentes flamejantes, que mais tarde morriam sobre a palha, numa cocheira, ele também condenava com o carimbo oficial a falsa doutrina dos charlatões e, passados alguns anos, na associação de educação pública sob a sua direção, era ele que sancionava oficialmente essas falsas doutrinas, e mais tarde, devido a isso, elas eram também ensinadas nas universidades. Sabia que todas as coisas são desesperançadamente relativas, e não existe nenhum instrumento para medi-las com precisão. Sabia também que as pessoas geralmente brigam umas com as outras na sua luta por interesses, em geral solenemente protestam contra algo, mas depois solenemente se retratam, fazem as pazes, e passeiam de braços dados com o seu antigo inimigo mortal pelos corredores do Germânia, sentam de lado num divã de veludo e cochicham um no ouvido do outro. Descobriu isso certa vez, e desde então nada mais o surpreendia. Conhecia as pessoas maravilhosamente bem, assim como a vida, que sempre se resolve de algum jeito, só não se pode se preocupar com ela. Este homem, que é tão sábio, o que mais poderia fazer senão dormir? E coloquem suas mãos sobre o coração e me digam, pode existir um lugar mais apropriado para o sono que um local totalmente público, uma tribuna presidencial — em que as velas ardem como num velório — e uma tranquila, respeitável cadeira de braços? Proclamo que ele dormia sim, por sabedoria, por paciência, por compreensão, maturidade, reflexão viril, e deixava o navio ou o trem da ciência ou da literatura correr livremente, para frente, sob os cuidados do capricho e do inesperado.

Dói-me que aqueles poetas que há pouco mencionei tenham passado à ação. Pouco a pouco a velha e confiável geração morria. Os conselheiros particulares e os conselheiros da corte, que escreviam baladas metrificadas, poemas épicos, liam tratados de filosofia, terminavam, um após o outro, sob os chorões do cemitério de Darmstadt. A nova geração, que não mais respeitava as fronteiras dos gêneros, cresceu e, segundo a ordem das coisas, irrompeu no átrio do Germânia. Um moleque ainda verde subiu na tribuna e anunciou que iria ler seu romance *sintético-esotérico*, mas o seu romance era composto de somente uma palavra, e que palavra sem modos, que palavra mais ofensiva. Uma outra minhoca dessas mostrou seus frouxos e entrecortados diálogos *neoclássico-metafísicos*, cujo sentido não havia mente humana que pudesse compreender, cujo sentido uma mente humana não poderia ter concebido. Um energúmeno futurista glorificava a guerra com seus versos debiloides, a aurora do universo, o aniquilamento do globo terrestre e também a sua ressurreição. O presidente agitava a sua cabeça com nervosismo. Esse futurista sanguinário seguidamente, no final das estrofes, cacarejava ou imitava as explosões, as detonações, os silvos das mais diversas armas: *bumbumbum, trrprrfrrgrr, siuiutiuu*. O presidente era obrigado a abrir os olhos a cada cacarejada, como se de repente tivesse amanhecido. Foi quando eu vi pela primeira vez esse equilibrado senhor sair do sério. Encarava com indignação essas figuras imaturas. Não condenava suas tendências literárias, nem suas ideologias. Aprovava-as tanto quanto qualquer outra tendência ou ideologia. Apenas os considerava indivíduos sem tato e mal-educados, e — convenhamos — nisso tinha toda a razão.

Coisas assim colocavam seus nervos à prova. Muitas vezes parecia pálido, extenuado. Mas — como já mencionei — não era só ali que presidia. Se num dia tinha três ou quatro sessões de leitura, readquiria seu vigor, e voltava para casa como quem passou por um banho de aço, para no dia seguinte começar a trabalhar com forças redobradas. E nada o desconcertava. Sempre retificava suas falhas. Caso fosse necessário, dormiria em qualquer lugar do mundo, no teatro, durante uma apresentação de gala; sob as mais ruidosas cenas revolucionárias, quando a multidão arranca seus grilhões e dá vivas à liberdade, à igualdade e à fraternidade; na ópera, sob o *Crepúsculo dos deuses*, o barulho das trombetas e dos tímpanos; até nas aberturas das exposições, se não por muito, mas por alguns instantes, em pé mesmo, como os soldados fustigados até a morte na guerra russo-japonesa. Certa vez o observei na recepção do príncipe de Hessen, onde me infiltrei como correspondente ocasional de uma revista húngara. O príncipe dirigiu-se a ele, e o saudou. Ele também pertencia ao seu círculo de admiradores. Imediatamente conduziu sua jovem e encantadora esposa à sua presença, com seu pescoço desnudo e seu ombro também desnudo que nadava pela cintilante torrente de luz dos candelabros como um doce e triste cisne. A princesa, de braços dados com o presidente, deixou-se conduzir a um sofá rococó de espaldar dourado, polvilhado com flores rosas. Fê-lo sentar, e pôs-se ao seu lado. Começou a fofocar. O presidente cerrou os olhos. A princesa continuou a fofocar, e de trás de seu leque de penas cravejado de brilhantes de vez em quando ria no seu arrulhante tom de contralto. O barão Wüstenfeld, um cavalheiro e um mestre reconhecido na arte da conversação, acenava com a cabeça. Mas então já estava dormindo. Sobre esse sábio experiente, as mais belas e desnudas mulheres faziam o efeito dos mais fortes soníferos. Aproveitava todas as ocasiões para descansar de suas atividades públicas, até em casa, durante as audiências que concedia, que oferecia regular e conscienciosamente. Devido à sua grande influência, era muito procurado também pelos pobres da cidade. A todos recebia e ouvia. Nisso também tinha o seu próprio sistema. A viúva com véu de luto empunhando um lenço molhado pelas lágrimas suplicava por proteção, implorava por ajuda e pedia permissão para apresentar seus fatos. Quando o barão com um aceno de cabeça frio e condescendente dava a permissão, e a viúva salientava em desculpas que "serei breve, muito breve", ele, que já sabia que para todas as pessoas isso significa que "serei longo, muito longo", cerrava os olhos e, devido à sua enorme experiência, acenava com a cabeça várias vezes nos momentos adequados, às vezes até aparentava atenção, e dormia tranquilo, até quando fosse necessário, e na deixa acordava fresco, rejuvenescido, podia assegurar para a viúva desconsolada, flagelada, que "tudo faria pelo seu interesse, no que fosse possível", e já de antemão sabia que nada faria. Mas não era má-fé de sua parte, porque o presidente também sabia que aqueles que são tão tolos a ponto de pedir auxílio aos outros são sempre pessoas perdidas e condenadas à morte; não se deve e nem se pode ajudá-las, pois apenas se autoenganam. Mas, de tão fracas, são incapazes de se autoenganar, e por isso procuram a ajuda dos outros, para que outros as enganem em seu lugar, pois só esperam uma conversa fiada, uma canção de ninar, um calmante, e assim o barão realmente não era sovina. E nunca decepcionava. Era cada vez mais respeitado, sua fama crescia, consideravam-no uma alma benemérita, um completo cavalheiro, de que todos gostavam.

Eu gostava dele de tal maneira que não pode ser expressa por palavras humanas. Só saliento isso para que entendam o seguinte. Aos poucos terminava a temporada. Chegara o verão. Todo teatro, escola, associação cultural, cerrava suas portas, e também o Germânia. Em nenhum lugar se proferiam conferências. Os palestrantes dormiam sobre seus louros, um lia a obra do outro, para apresentar as ideias lá encontradas como suas, quer dizer, juntavam forças. Eu, de mochila nas costas, fazia excursões pelos românticos arredores de Darmstadt. Numa manhã de julho, dirigia-me para o belvedere de Ludwigshöhe, e justamente passava pela Luisenplatz com os meus alegres colegas estudantes em passos militares, cantando *Wacht am Rhein* e outras ardorosas canções patrióticas, quando uma visão realmente estarrecedora se apresentou aos meus olhos. Duas enfermeiras de touca e cruz vermelha conduziam um escombro humano pela calçada, melhor dizendo, arrastavam, ou levantavam, um aleijado incapaz, sem ao menos forças para andar. Não os conclamo a adivinhar quem poderia ser. São escritores idiotas que costumam fazer isso com o seu público — aparentemente por eles considerado também idiota. Vocês, que têm o cérebro afiado, provavelmente já adivinharam que só poderia ser o barão Wüstenfeld, que como já disse era o presidente, o nosso presidente. Mas juro que no primeiro instante eu também não o reconheci. Esse homem de ótima constituição, ágil, ancião trabalhador, estava assustadoramente magro, tornando-se sombra de si mesmo. Suas pernas se dobravam como as frágeis pernas dos tripés das máquinas fotográficas. O espírito o visitava apenas para dormir. Para que dar detalhes? Era uma tristeza fitá-lo.

O presidente sofria de insônia. Essa doença é geralmente minimizada pelos não iniciados. Pensam que, quem não consegue dormir, que não durma, pois irá terminar dormindo afinal. Falam a mesma coisa sobre os que não sentem fome. Quem não sente fome, que não coma, isso irá fazê-lo sentir fome. Mas ambas são doenças que podem ter um desenlace fatal. Assim era também a doença do presidente. Há semanas se movia com uma vigilância febril, revirava-se nos seus travesseiros sem o sono descer sobre seus olhos. A ciência médica alemã defrontava-se com um grave caso de insônia, de teimosia ímpar, e por enquanto postava-se impotente diante dele.

Vocês podem presumir que confluíram para a cama do paciente todos os médicos de Darmstadt e da Alemanha. Dr. Weyprecht, o notável clínico geral, atribuiu a insônia apenas ao esgotamento nervoso do presidente, gerado pelo trabalho que há anos cumpre incessantemente. Aconselhou-o a abster-se rigorosamente por um tempo de todo tipo de excitação, de toda e qualquer atividade intelectual, proibiu-o até da leitura de jornais, e sugeriu que se divertisse, ouvisse música alegre, fizesse passeios mais longos numa carruagem de quatro cavalos, e diariamente, durante dois minutos — e não mais —, fizesse uma pequena caminhada pela Luisenplatz, que ficava próximo ao castelo, nos braços daquelas enfermeiras confiáveis acima de tudo, treinadas cientificamente, com as quais eu o vira naquele dia de julho. O Professor Dr. Finger, especialista das doenças do estômago e do intestino na Universidade de Heidelberg, receitou uma dieta baseada em crus: pão de centeio, frutas e iogurte; uma vez por dia — às sete da manhã — um laxante suave e uma vez por dia — às sete da noite — uma lavagem intestinal de camomila a 32 graus, condimentada com algumas gotas de limão. O Professor Dr. Gersfeld, o mundialmente famoso Gersfeld, que veio em resposta a um telegrama endereçado à Universidade de Berlim, examinou o doente por vários dias, e só depois tomou uma decisão e fez um pronunciamento. Receitou banhos

O presidente

73

mornos até a cintura, que ele mesmo preparava, na presença das enfermeiras. Os banhos deveriam ser esfriados, grau a grau, depois reaquecidos, depois de novo resfriados, mas então de uma vez. Depois empregou compressas quentes sobre a cabeça, que deveriam ser trocadas a cada três minutos. Antes de deitar, o doente fazia uma ginástica leve no próprio quarto, e ao deitar recebia uma touca fria de fabricação alemã, pela qual a água fresca circulava por tubos e agradavelmente esfriava os ossos da cabeça e o cérebro atormentado. Depois de ter explicado com paciência várias vezes essa operação para as enfermeiras, e tê-las feito repetir, viajou de volta a Berlim tranquilizado, mas o enfermo não se tranquilizou. O Dr. H. L. Schmidt, neurologista, procurou trabalhar com soníferos, bromato, veronal, cloridrato e trianol, primeiro com pequenas doses, depois com doses gigantes, mas trocava os soníferos em vão, misturava em vão, sem alcançar nenhum resultado. O Dr. Zwiedineck, o Dr. Reichensberg e o Dr. Wittingen Jr., todos três neurologistas, e todos merecidamente de renome, em parte procuraram empregar a psicologia, igualmente sem nenhum resultado. O presidente se enfraquecia a olhos vistos. Já corria o boato em Darmstadt de que os médicos o tinham desenganado.

Imaginem em que estado de espírito recebi esta notícia. Não poderia permitir que este valor insubstituível, que este benfeitor da humanidade se perdesse. Um dia eu mesmo o procurei no seu suntuoso palácio. Ao adentrar o enorme quarto que muito bem poderia ser uma sala, totalmente escurecido, vi o presidente sob os raios de luz de uma lâmpada verde. Meu coração se contorceu. Remexia-se na cama, entre seus altos travesseiros, sua cabeça envolvida pela touca de resfriamento, como o soldado ferido da ciência e da literatura. Senti um aroma sufocante de papoula, que era assoprado por uma máquina automática instalada à cabeceira de sua cama. Em frente à cama — provavelmente por receita médica — uma imagem mágica colorida se projetava sobre um lençol, uma tranquila lagoa espelhada, com a intenção de evocar o sono redentor há tempos em vão desejado. Mas o presidente a todo instante queria pular da cama. Duas enfermeiras seguravam a sua mão. Seu rosto estava branco, como um papel.

Alegrou-se à minha visão, pois me conhecia, e uma ou duas vezes, depois das sessões de leitura — uma condecoração inesquecível —, me cumprimentara. Agora agarrou a minha mão com a sua mortalmente magra, e nervosamente esfarelou meus dedos. Sugeri talvez convocar o meu jovem amigo Zwetschke, que, apesar de ter aberto seu consultório médico recentemente, era uma pessoa inteligente e original, em quem eu confiava cegamente. Sua cansada comitiva, composta por uma solteirona, um coronel aposentado e um conselheiro jurídico, imediatamente aceitou minha oferta. Chamaram-no, e em poucos minutos lá estava.

Zwetschke antes de tudo abriu as janelas, apagou a lâmpada verde e a lâmpada mágica. A luz do meio-dia inundou o quarto. Sentou à beira da cama do doente e lhe sorriu. Não o examinou. Como eu, conhecia-o muito bem das palestras do Germânia. Não bateu no seu coração atordoado, não olhou suas pupilas, artérias, nem bateu no seu joelho presunçosamente com um martelinho de aço. Retirou da sua cabeça a ridícula touca refrigerada, e aconselhou-o a não se preocupar com nada, a viver como até agora, a não se poupar em absoluto. Considerou que o mais correto seria convocar imediatamente uma reunião geral extraordinária, ou uma comissão de estudos, mas isso era impossível devido às férias de verão. Zwetschke balançou a cabeça e mordeu os lábios. De repente levantou-se. Ordenou-me vestir o presidente, depois fez meia-volta e de saída segredou no meu ouvido para permanecer ao seu lado.

Mal o vestimos com a sua casaca, a sua gravata preta de

O presidente

75

magazine, a calça vincada, e lá fora, na outra sala, atrás da porta, já ouvíamos a voz característica de Zwetschke. Ordenava com o seu acento levemente prussiano: à direita, à esquerda, para a frente, para a frente. Todos nós ouvíamos com espanto. O próprio presidente ergueu sua pálida cabeça com interesse. Escancararam as portas do dormitório. Foi então que vimos que seis serviçais, sob a supervisão pessoal de Zwetschke, vagarosamente, mas com segurança, traziam a bem conhecida e pesada mesa de carvalho do Germânia, e colocavam-na ao lado da cama. Um outro serviçal trouxe a cadeira presidencial. Zwetschke acompanhou a cena em silêncio. Acenou afirmativamente. Tirou do seu bolso a campainha presidencial e colocou-a sobre a mesa. Então, com um infinito tato e carinho, levou o presidente à mesa e pediu para tocar a campainha e abrir a sessão. O presidente tocou a campainha. Disse "a sessão está aberta". Então aconteceu o milagre que a ciência médica e a aflita opinião pública já havia um mês em vão esperavam: as pálpebras do presidente se fecharam, e ele mergulhou num profundo e saudável sono. Meu amigo e eu esperávamos emocionados um ao lado do outro e o observávamos. Ele, com uma perícia científica. Eu, apenas com a curiosidade de um escritor. Zwetschke tirou o seu relógio de bolso, apertou o botão do ponteiro de segundos, e contou as respirações. Fitou-me vitoriosamente. O tórax levantava-se ritmicamente, o pálido rosto aos poucos ficou corado, quase que engordava a olhos vistos. Órgãos havia muito fatigados descansavam. A própria abençoada mãe natureza assumiu o papel de cura. O presidente dormia como na sala de conferências, dentro dos limites do decoro e das boas maneiras, a cabeça caía, depois de novo subia. Essa circunstância fez aumentar ainda mais minha admiração pela sua pessoa, porque testemunhava que em casa também se comportava como em outros lugares, ou melhor, era realmente um verdadeiro senhor. Dormiu sem interrupção durante doze horas. Zwetschke, que nem por um instante saiu de seu lado, que almoçou e jantou em plantão, por volta da meia-noite com espanto constatou que o presidente pegou a campainha, tocou e "encerrou a sessão", o que significava que tinha dormido o suficiente, e também que tínhamos salvo a sua vida.

Não deixou Zwetschke sair do castelo. Deu-lhe um quarto próprio, mantendo-o ao seu lado durante duas semanas, até que se restabelecesse. Em verdade, quase não tinha afazeres. Se o presidente queria dormir — sempre vestido e abotoado —, sentava na cadeira presidencial, tocava a campainha e depois, ao acordar, tocava de novo a campainha. Esse processo de cura admiravelmente simples, sequer mencionado pelas revistas médicas alemãs, foi empregado somente até o início da temporada. Mais tarde, com o início das sessões de leitura, não era mais necessário. Porém, não se esqueceu de Zwetschke. Contratou-o como médico da família e, como dispunha de ótimos contatos, apesar de sua juventude — mal completara vinte e seis anos — nomeou Zwetschke médico-chefe da seção de psiquiatria do hospital local, e em meio ano conseguiu-lhe também o título de conselheiro da corte.

Bem, essa foi minha aventura alemã. A conta, chefe. Jantar, sangue de boi, quatro cafés, vinte e cinco cigarros Mirjám. De novo tagarelei aos montes. Logo amanhecerá. Olhem, a madrugada avança pela névoa de janeiro, pelas pequenas ruas de Budapeste, e sorri pelas janelas do Torpedo. Aurora de dedos rosados, de unhas sujas. Bem, vamos dormir. Vocês vão ficar? Então vou beber mais um café e contar o fim dessa história. Ultimamente minha única diversão é ficar me ouvindo.

Por muito tempo nada ouvi sobre o presidente. A guerra estourou e eu fiquei à deriva de tudo. Ano passado viajei para a Alemanha. Fiz um desvio para passar por Darmstadt. Entre dois trens expressos, fui visitar Zwetschke. Ai, crianças, como foi estranho. Achei meu amigo de juventude lá no pavilhão de doenças mentais, onde o deixara havia quinze anos. Recebeu-me de avental branco e me abraçou. Usava óculos de armação de osso, tinha uma barriga de cerveja, como todos os outros cientistas alemães, dos quais tanto ríamos antigamente. Fiquei apenas olhando-o espantado. Já não gargalhava de maneira tão frenética e informal, como quando jovem. Em vez disso, ria o tempo todo, devagar e longamente. Vocês conhecem essas pessoas que riem depois de cada frase, estejam nos comunicando algo alegre ou triste? Foi dessa forma que me contou que tinha casado — hahaha — tivera uma menina — hahaha — que depois morreu aos quatro anos de meningite — hahaha. Mas isso não me chocou. Sabia que todo psiquiatra tem uma individualidade que lhe é própria.

Mantinha uma ordem exemplar na sua seção. Os corredores, as janelas, os pisos brilhavam. Todas as escarradeiras estavam no seu lugar. Os enfermeiros o temiam mais que aos pacientes loucos furiosos. Fazia demonstrativos, tabelas, com curvas ilustrativas. Dedicava-se ao estudo das células do cérebro. No seu escritório pairavam cérebros doentes imersos em formol, que ele cortava em fatias finas como uma película com uma máquina parecida com um fatiador de presunto, porém muito mais precisa, e delas procurava ler os segredos da alma e do espírito humano. Conduziu-me por todo o seu departamento. Não era novidade para mim. Desde criança um desejo irresistível me atrai para esses lugares. Um departamento de psiquiatria é igual em todo o mundo, como um parlamento. Parece que a natureza, com a equação das doenças psiquiátricas, quer demonstrar o mesmo em todos os povos e em todos os pontos cardeais. O departamento feminino dança e berra, o departamento masculino é sério e mergulhado em problemas significativos. Lá fora, no jardim, sob as árvores, os doentes mentais sonham afundados na sua patetice infantil. Um servente de pedreiro assoa dia e noite o seu nariz como uma trombeta, porque o seu corpo está cheio de ar, mas a sua obra — conforme se gaba — já alcançou bons resultados. Dezessete anos antes, quando fora internado, o ar chegava mais ou menos até a sua testa, mas agora já baixou para a altura do peito. Juntos calculamos e concluímos que, aos setenta, já estará totalmente livre do ar, se nesse ínterim nada o impedir nessa sua atividade. Aqui também todos têm sua ocupação e sua diversão.

A mim primeiro me interessou o agudo antagonismo de dois grupos. Daqueles dois grupos que caracterizam toda a humanidade. Os paranoicos são ousados, insolentes, fanfarrões, desconfiados e suspeitos, insatisfeitos e prontos para a ação, como os políticos que querem trazer a felicidade para o mundo. Observam-me de um canto com os olhos cerrados, e sinto que "já têm uma opinião sobre mim". A qualquer instante estariam prontos para me enforcar para o bem da sociedade. Não se suportam, e sua alma se rompe para o mundo, querem quebrá-la em duas. Os esquizofrênicos são estranhos, originais, surpreendentes, se autoacusam, imprevisíveis, impenetráveis, como os verdadeiros escritores. Sua fala é repleta de insinuações incompreensíveis. Estes últimos me são mais simpáticos. Aqui também me misturei a eles. No canto do gramado dois jovens faziam-se de estátua, entorpecidos. Um terceiro, pálido como pó de giz, filho de um banqueiro de Würzburg, circundou-me e, toda vez que passava pela minha frente, me cumprimentava com muito respeito, e eu retribuía com o mesmo respeito. Porém, ao passar pela oitava vez, e ao retribuir seu cumprimento pela oitava vez, inesperadamente cuspiu no meu rosto, o que me deixou muito feliz, porque justificava e reforçava minha há muito formulada opinião sobre essa doença.

Zwetschke não se interessava pelos doentes mentais. Disse, com a sua curiosa risada longa e vagarosa, que esses são loucos de pedra, não valia a pena se ocupar com eles, apenas da autópsia, com as suas células cerebrais. Convidou-me para o lanche. Apresentou-me à sua esposa, uma madona loira, que penteava seus cabelos para trás de sua testa arredondada, que apertou minha mão silenciosamente, ofereceu a comida silenciosamente, e durante o tempo todo não disse uma só palavra. Comemos patê de fígado e bebemos cerveja. Finalmente soube o que acontecera ao presidente. O presidente sobreviveu a tudo, inclusive à guerra e à revolução. Gerações desapareciam ao seu redor, caíam nas batalhas, se arruinavam os futuristas, os expressionistas, os simultaneístas, os neoclássicos, os construtivistas também, e ele continuava a atuar. Tinha a perseverança dos adormecidos. Ao completar noventa anos, a conselho do seu médico particular, acumulou mais presidências. Nos seus últimos anos, presidia em dezessete lugares, de manhã à noite, sem parar. No inverno passado morreu, aos noventa e nove anos. Coitado, não conseguiu completar seu centésimo ano.

Despedi-me do meu amigo para peregrinar até o seu túmulo, para pagar o tributo de gratidão e piedade. Zwetschke abraçou-me sorrindo. Enfiou no bolso da minha capa de chuva um livro embrulhado e me alertou que ainda poderia me ser útil. Dirigi-me ao cemitério de carro, dos loucos para os mortos. De cara encontrei o túmulo do presidente. Ele repousava num túmulo austero, ornamentado com as armas familiares ao baronato. Apenas uma frase na coluna de mármore: *Durma em paz*. Este senhor, que em vida ninguém se atreveu a chamar por você, agora era chamado, com a costumeira insolência unilateral dos vivos. "Digne-se a dormir em paz", balbuciei com um respeito filial, e comovido evoquei a sua lembrança, e meus anos de juventude desaparecidos. Uma lágrima se desfez nos meus olhos.

Infelizmente, visitei-o de mãos abanando, nem ao menos trouxera-lhe uma flor. Mas talvez uma flor nem conviesse a um túmulo tão austero. No meu transtorno, enfiei as mãos no bolso. Encontrei aquele livro que Zwetschke embrulhara, e o abri. Era o *Messias* de Klopstock, aquela poesia épica em hexâmetros, que — segundo a opinião unânime de gerações — é o livro mais chato do mundo, tão chato que ninguém ainda o leu, nem aqueles que o enaltecem, nem aqueles que o achincalham. Dizem que o próprio Klopstock não conseguiu lê-lo, apenas o escreveu. Abri-o, e comecei a folheá-lo meditativo. Que trecho deveria ler? Tanto fazia. Como sabia que o que o falecido mais prezava na vida era o sossego, e o seu desejo, como o de todos nós, deveria ser o de dormir tranquilamente no caixão, devagar, monotonamente comecei a ler o primeiro canto. O efeito foi espantoso. Uma flor da trepadeira fechou o seu cálice assombrada, como se a noite já tivesse descido. Um besouro caiu de costas na poeira e assim ficou, como que hipnotizado. Uma borboleta, que em círculos sobrevoava o túmulo, caiu do ar sobre a lápide e dormiu de asas fechadas. Senti que os hexâmetros penetravam pelo granito da tumba, até os restos mortais do falecido e que seu sono mortal — o sono eterno — ficava mais profundo com eles.

Acordei sacudido pelos meus dois ombros. Era meu atencioso chofer, que me deixara na entrada do cemitério. Aconteceu que no meio do primeiro canto o sono também me pegou. Depressa entrei no carro. Corremos freneticamente para a estação. Apenas tive tempo suficiente para saltar no último instante no Expresso D já em movimento, que depois, numa chuva de fagulhas, aos apitos, a cem por hora corria para Berlim.

O presidente

O CHAPÉU

Esti também tinha um chapéu preto, daqueles bem rígidos, que chegam a cortar quem neles encosta.

Costumava usá-lo quando partia para nebulosas aventuras na periferia e não queria ser reconhecido. Sua aba larga e austera dava unidade aos seus traços, endurecia o seu perfil.

Era este chapéu que usava naquela manhã de inverno cheia de vento e cinzenta.

Na esquina, ao tentar atravessar para a outra calçada, o vento arrancou-o de sua cabeça, jogando-o direto a seus pés. Abaixou-se para apanhá-lo. Mas então o vento levou-o ao alto, lançando-o com estalidos para a direita, depois para a esquerda. Correu atrás, perdendo o fôlego. O chapéu começou a rolar, e com uma rajada de vento rolou até o meio da rua. Ali parou.

Seguiu o chapéu devagar, confortavelmente. Porém, ao chegar ao meio da rua e fazer um gesto para apanhá-lo, um carro se aproximou em disparada, buzinando tempestuosamente. Apenas teve o tempo suficiente de saltar para o lado.

Na calçada, os pedestres gritavam.

— É o seu fim, é o fim.

— Foi atropelado?

— Foi, foi — disseram e riram.

Esti, que ouvia os confusos clamores, tateou-se assustado dos pés à cabeça e, depois de ter constatado que nada lhe acontecera, voltou para a calçada, junto àquele grupo de curiosos embasbacados que num minuto se forma em torno de um atropelamento fatal.

As pessoas sorriam e apontavam para algo.

Acolheram-no com respeito e curiosidade. Mas, ao lhe dirigirem o olhar, os sorrisos murchavam e uma certa solidariedade surgia. Afinal o chapéu lhe pertencia.

Seu chapéu jazia no meio da rua. Fora atropelado pelas rodas do carro, terrivelmente achatado, laminado, calandrado, como um pequeno cachorro preto atropelado na poeira da estrada. Só se via uma mancha escura.

Esperou a coluna de carros se rarefazer e, numa trégua da circulação, foi apanhá-lo.

— Talvez ainda esteja vivo — pensou.

Mas já não vivia. Tivera morte imediata. Estava totalmente achatado, sem vida e sem alma. Lembrou que dera um estalo. Deve ter sido neste momento que sua alma partiu.

Além do mais, sua borda estava toda molenga e o couro protetor e o forro se desprendiam. Sofrera graves lesões internas.

Ficou parado diante dele por um tempo, cabelos ao vento, como diante de um morto.

Depois, com aquela leviandade com que retornamos ao cotidiano depois das pequenas e grandes tragédias, entrou na chapelaria em frente. Comprou um chapéu marrom de pelo de coelho.

Ao sair, o cadáver não enterrado de seu chapéu ainda jazia lá, não mais como o centro das atenções, mas envolvido pela rápida indiferença e esquecimento. Carros ziguezagueavam ao redor e sobre ele também.

Com o novo chapéu na cabeça, que o acusava de infidelidade, meditou.

No fundo, o chapéu é a peça mais nobre do vestuário. Cobre nosso crânio, com o seu formato arredondado imita nosso crânio, é uma espécie de crânio sobressalente, ao que o fogo e a fumaça do nosso cérebro dão conteúdo. Aquele chapéu servira-o por dois anos nas mais diversas ocasiões, em encontros e enterros. Em noitadas, enquanto ele se divertia na plateia, aguardava-o na rouparia com paciente resignação, durante várias horas, sem jamais ter a ideia de ir embora.

Seu coração se partiu.

Voltou à chapelaria.

— Quero uma fita preta — disse.

— Com esse não combina — explicou o vendedor e fitou-o. — Está de luto?

— Estou — respondeu Esti decididamente.

Lá fora ergueu o chapéu com a fita de luto diante do chapéu falecido, prematura e tragicamente.

Ficou de luto por seis semanas, como se deve por parentes distantes.

O chapéu

O PAI E O POETA

Numa noite de inverno, Kornél Esti estava no escritório escrevendo uma carta para seu editor. Sua caneta arava o papel com rapidez. De repente, percebeu que não conseguia mais prestar atenção às suas frases. Ouvia outras vozes:

Por que olho para a noite? Porque ouço a rotação
das esferas errantes, porque vejo a luz
aventureira da estrela distante...!

Pôs a carta de lado. Escreveu estas palavras. Depois esperou para ver se isso se tornaria algo ou — como tantas vezes — se o telegrama sideral se extraviaria, como se em algum lugar distante a máquina emissora tivesse algum defeito.

Mas as frases já se derramavam, se completavam e se iluminavam. Apurou seus ouvidos. Ouvia novas vozes. Dirigiu seus olhos para a cortina verde que escondia a janela. Até através dela via o céu estrelado.

Fez anotações por um longo tempo, a torto e a direito. No fundo, só ao terminar entendia o que queria dizer.

Ele próprio ficou espantado.

Releu várias vezes. Eliminou três versos do meio do poema. Mas teve de reconsiderar. Não dava para mudar nenhuma palavra. O bom era como estava.

Pegou sua máquina de escrever e passou a limpo.

Quando batia as últimas estrofes, a campainha tocou. A empregada anunciou Pataki.

— Olá — cumprimentou-o da máquina de escrever, sem ao menos levantar o seu olhar. — Sente-se. Já.

Pataki parou na penumbra. Não se podia ver seu rosto.

Ele via Esti na escrivaninha, seu cabelo revolto à luz da luminária de chão, envolto em ramalhetes de fumaça de cigarro, enquanto ainda batucava sua máquina de escrever.

Não sentou. Permaneceu de pé.

Nos últimos tempos só se haviam encontrado esporadicamente.

Sua vinda deve ter surpreendido Esti. Mas este não falou, não tinha tempo para tanto. Ainda datilografava. Depois de assinar, tirou da máquina a folha fresca. Disse assim:

— Escrevi uma poesia. Você quer ouvir? Duas páginas datilografadas.

Pataki, no outro canto do quarto, sentou numa poltrona. Esti leu articuladamente, para que entendesse todas as palavras:

Por que olho para a noite? Porque ouço a rotação
das esferas errantes...

Essa poesia fazia uma longa curva, segura, regularmente ascendente, vagarosa, uma queda branda. Gostou ainda mais dela durante a leitura. Estava convencido de que era uma criação duradoura, e que mesmo com o passar dos anos lembraria com prazer esta noite de inverno, quando a criara do nada. A parte final, onde tudo alcança a plenitude — só umas palavras de ordem, algumas exclamações —, era o que mais saboreava.

Deixou cair o manuscrito sobre a escrivaninha.

— Bonito — ouviu-se da penumbra a voz de Pataki, depois de um curto intervalo.

— Gostou? — interrogou Esti, porque ao ser elogiado assumia o papel de cético. — Gostou mesmo?

— Muito — respondeu Pataki.

Levantou da poltrona. Entrou para o círculo de luz, devagar. Agarrou as duas mãos de Esti. Disse solenemente:

— Desculpe, eu vim vê-lo porque nunca estive tão próximo ao suicídio.

— O quê? — sobressaltou-se Esti.

— O pequeno Laci — gaguejou Pataki. — O pequeno Laci.

Kornél acendeu o lustre. Viu que seu amigo estava pálido e trêmulo.

— O que aconteceu? — perguntou. — O que aconteceu com ele?

— Vão operá-lo daqui a uma hora.

— Por quê?

— Apendicite.

— Ora, isso não é nada. Sente-se. Sente-se, Elek. Não diga besteiras. Quer um copo d'água?

Pataki bebeu um copo de água.

— Ai — suspirou —, é o meu fim. Sei que é o meu fim. Mas não aguentava mais ficar no hospital. Internamo-lo à tarde. Agora estão preparando o pobrezinho. Não aguentei ficar para ver isso. A mãe está com ele. O carro está me esperando lá fora. Já estou indo.

— Desde quando está doente?

— Contarei então como aconteceu — e grudou no rosto suas palmas suadas e brancas. — Faz uma semana que Laci se queixava de dor no estômago. Ele sempre se queixava do estômago, etcétera e tal. Pensamos que estragara seu estômago no Natal. Comeu muito durante as festas, etcétera etcétera. Foi assim que o tratamos. Purgante, dieta, etcétera. Mas não melhorou. E hoje de manhã vomitou. De pronto

O pai e o poeta

chamamos Rácz, depois o Vargha, e depois o professor Elszász. Era apendicite. Será operado às nove.

— Ora. É só isso?

— Mas tem febre. 39,2 graus. Essa febre alta mostra que o apêndice tem pus.

— Toda apendicite está ligada à febre.

— Mas nós temos medo de perfuração.

— Aquilo vem com tremedeira e calafrios. Ele sente calafrios? Então. Pare com isso. Não tem perfuração.

— Você acha?

— Acho, acho.

— Mas será anestesiado.

— Peça anestesia local.

— Não dá. É justamente isso. Elszász disse que não dá.

— Então irão anestesiá-lo.

— Só que seu coração é fraco. Desde a escarlatina o seu coração é tão fraco que tem que descansar com frequência, estava até dispensado da ginástica. Ai, se algo acontecer a esta criança, eu não sobreviverei. Entenda, não viverei nem um minuto a mais.

— Está com quantos anos?

— Nove.

— Nove? Então já é uma criança grande. Elszász já operou crianças de dois e três anos, e nada aconteceu com nenhuma delas. Além disso, a força vital das crianças beira o milagre. Aquelas células frescas, aqueles tecidos cheios de vida e sem uso nem dão bola para aquilo que derrota os fortes adultos. Pode ficar totalmente tranquilo. Tirarão seu apêndice e será a vida em pessoa. Daqui a uma semana estará de pé. Amanhã — não: ainda hoje, daqui a hora e meia — você estará rindo disso tudo. Nós dois estaremos rindo.

Pataki se tranquilizava. Depois de pôr seu medo para fora, sentiu-se vazio, e olhou espantado ao redor daquele bagunçado escritório de ar tórrido.

— Inacreditável — disse de repente Esti, torcendo o nariz. — Inacreditável. E eu aqui te aborrecendo.

— Com o quê?

— Com este lixo.

— Que lixo?

— Com essa poesia.

— Não. Você não me aborreceu.

— Claro que sim. Você está nesse estado de espírito — observo: sem nenhum motivo — e eu, meu pobre amigo, tentando te divertir com o novo rebento da minha mente. Isso é infernal, realmente infernal.

— Não. Acredite, até me fez bem ouvir. Pelo menos me distraiu um pouco.

— Você conseguiu prestar atenção?

— Consegui.

— Achou interessante?

— Claro.

— E qual é a sua opinião detalhada?

— Que é excelente. É uma de suas poesias significativas.

— Apenas significativa?

— Muito significativa.

— Olha, eu não quero extorquir elogios. Isso, você sabe, sempre me deu nojo. Mas necessito que você diga uma palavra honesta sobre ela. Quando escrevo algo, sempre acho que é o meu melhor trabalho. Nem pode ser de outra forma. Provavelmente você também costuma sentir o mesmo. Depois, aos poucos, me acostumo que existe, começo a achá-lo chato, sou tomado por dúvidas, me pergunto se a fadiga valeu a pena. Além disso nosso ofício está moribundo. A quem interessa se temos dor de cabeça, se todos têm dor de cabeça? Portanto, fale.

— Disse que é magnífico.

— No começo eu também tinha certeza. *Porque vejo a luz aventureira da estrela distante...* Isto é inspiração, inspi-

O pai e o poeta

91

ração pura. Mas depois, lá pela metade, me pareceu — senti ao ler em voz alta — que caía um pouco.

— Onde?

— Lá onde começam as estrofes mais curtas. Você não se lembra? *Carbúnculo, seu incandescente...* isso não é falso? Não é empolado e prolixo? Não existe uma quebra aqui?

— Não existe nenhuma quebra.

— Você acha?

— Acho, acho.

— Diga, Elek, e o todo — assim como você ouviu — não é um pouco discursivo?

— Se é discursivo? Ora, eu gosto muito do belo impulso, e absolutamente não excluo a discursividade da poesia.

— Entendo. Mas eu odeio do fundo do coração qualquer discursividade. Aquilo não é poesia, mas confeitaria. Seja sincero, diga a verdade. Prefiro rasgar tudo e nunca mais escrever uma frase se isso é discursivo.

— Você sempre entende errado. Não é discursivo. Absolutamente não é discursivo. E como é belo o final! *Viver, viver*. Você vai ver, todos irão gostar tanto como eu. Você já mostrou para Werner?

— Ainda não.

— Então mostre para ele. Ele ficará arrebatado. Eu o conheço. Aposto que publicará na primeira página, em Garamond. Você nunca teve sucesso igual. É obra de mestre, de mestre.

Esti chacoalhava as laudas datilografadas na mão. Pataki arrancou do bolso o relógio.

— Dez para as nove.

— Vou com você.

Entraram no carro que esperava defronte à casa. Saíram em disparada por ruas escuras, cheias de neve. O pai pensava se seu filho iria sobreviver. O poeta pensava se o seu poema iria sobreviver.

Numa curva, Pataki disse:

— Mesmo com pus, pode ser remediado.

Esti concordou acenando.

Mais tarde foi ele que disse:

— Terei mesmo de eliminar aquelas três estrofes do meio, assim ficará mais simples.

Pataki concordou.

Depois não falaram mais nada.

Os dois pensaram um do outro:

"Como é mesquinho, como é egoísta."

Ao chegarem em frente ao hospital, Pataki correu para o primeiro andar. Esti atrás dele.

O pequeno Laci, que já tinha recebido uma injeção de morfina e estava quase dormindo, naquele instante foi empurrado numa maca alta e estreita para dentro da luminosa sala de operações.

O FARMACÊUTICO E ELE

Numa noite quente de primavera, Esti passava o tempo diante da vitrine de uma farmácia da periferia. Ficou tomado por uma tristeza aguda, pois a vitrine era paupérrima. Isso tocou tão fundo sua frágil alma que por um longo tempo não conseguiu sair dali.

Nas livrarias da periferia geralmente se vendem lápis, borrachas, canetas, e nas farmácias, escovas de dente, pincel para barba, cremes para o rosto. Tantos artigos de beleza se avolumam nesses lugares, como se o verdadeiro problema da humanidade nem fosse a doença, as muitas enfermidades, mas a feiura.

Essa pequena farmácia, com o seu luminoso que acendia e apagava a cada segundo, oferecia dois artigos, obviamente produzidos pelo próprio farmacêutico. Um era assim repetido pelo luminoso: *Xerxes acaba até com a tosse mais tenaz*. O outro gritava para a escuridão: *Pó Aphrodite contra o suor das palmas da mão, pés e axilas*.

Mas os fregueses não se apresentavam. No interior da farmácia estava sentado atônito um pequeno homem, modesto, de roupa cinza, cabelos cinzentos. Estava tão abatido como um suicida imediatamente antes de cometer o seu ato.

Esti se compadeceu e entrou.

— Desculpe — murmurou e olhou em volta. — Será que poderia conseguir aqui algo contra tosse?

— Claro — sorriu afavelmente o farmacêutico —, claro, por favor.

— Só que — cortou sua fala e levantou o seu dedo — minha tosse não é de hoje. Ano passado tive um forte resfriado e, desde lá, não importa o que faça, não passa. É uma tosse maligna — como é que posso me expressar? —, persistente — procurava a palavra correta, até encontrá-la —, tenaz.

— *Xerxes* — disse o farmacêutico —, *Xerxes* — e saltou em direção a uma prateleira, e já colocou debaixo do seu nariz o pó mágico empacotado numa elegante caixa.

— Isso resolve?

— Até a tosse mais tenaz — respondeu de pronto, enquanto lá fora o luminoso dizia o mesmo. — A embalagem menor ou a maior?

— Talvez a maior.

— Não deseja outra coisa? — perguntou o farmacêutico, enquanto embrulhava a mercadoria num papel cor-de--rosa.

— Não — respondeu Esti preventivamente, porque tinha uma enorme experiência em representar essas cenas artísticas. — Obrigado.

Pagou, dirigindo-se para a saída.

Ao colocar sua mão na maçaneta, parecia empacar, hesitar. Voltou-se. O farmacêutico se aproximou:

— Em que mais posso ajudá-lo?

— Isto é — gaguejou e calou-se em seguida. — Minha mão...

— Ah, sim — disse instantaneamente o farmacêutico — *Aphrodite*, com certeza, *Aphrodite*.

— E tem ação eficaz?

— Eu garanto.

— Porém...

— Para o pé também — disse confidencialmente, abaixando sua voz —, para aquilo também.

Agora a tensão dramática chegara ao auge. Esti se portava como quem ainda não conseguiu se decidir pela compra, tomado por dúvidas, e tem um segredo familiar tão obscuro, fatal, que até agora não confessou para ninguém. O farmacêutico procurava auxiliá-lo. Segredou algo no seu ouvido. Esti desistiu de resistir, humilhado, acenou afirmativamente com a cabeça. Mandou embrulhar esse produto também.

Fora, na rua, parou diante da vitrine. Mas não era isso que observava, mas o farmacêutico. Este, de repente, ficou elétrico, depois de encontrar um exemplar cobaia da sofrida humanidade, que miraculosamente personificava todas aquelas desejáveis qualidades de que ele necessitava. Com desenvoltura caminhava para lá e para cá. Provavelmente novos planos brotavam no seu cérebro. Acendeu um charuto.

Enquanto caminhava pela ponte, Esti discretamente jogou as duas caixas no Danúbio. E pensou o seguinte:

— Prolonguei sua vida pelo menos por um mês. Como não consigo consolar a mim mesmo, de agora em diante vou consolar os outros. Deve-se devolver a todos a fé na vida. Para que sigam vivendo. Um professor me advertiu de não deixar passar um só dia sem fazer algo de bom. Sempre dizia que só esse tipo de homem dorme tranquilo. Bem, será que hoje conseguirei dormir sem tomar alguma pílula?...

MISÉRIA

— Sárkány — disse Kornél Esti, evocando o ardente e obscuro poeta do fundo de sua alma —, entre todos os poetas, incluindo os franceses do século XIX, os boêmios de Murger, os ingleses de Grub Street, os esfarrapados de Gissing, e talvez até os da Colônia do Cabo,[3] e também os poetas esquimós, foi o que mais viveu na miséria. Cavaleiro dos problemas de dinheiro, príncipe da fome, o rei do desespero. Em qualquer parte do mundo poderia ser eleito o protetor dos abrigos noturnos, o presidente de honra dos indigentes e sofredores.

Nada se pode comparar a essa miséria. Posso ser a testemunha-chave disso. Durante anos usufruí a sua companhia e, se nem sempre passei fome, fui seu companheiro compreensivo, aquele que compartilhava. Por isso mesmo falo de sua miséria com precisão científica.

[3] "Os boêmios de Murger": referência à novela de Louis-Henri Murger (1822-1861), *Cenas da vida boêmia*, que retrata a vida de artistas pobres na Paris do século XIX, e na qual foi baseada a ópera *La Bohème* (1896), de Puccini. "Grub Street": rua de Londres que no século XVIII concentrava editoras e livrarias de segunda linha, bem como escritores pobres que produziam literatura barata por encomenda. "Os esfarrapados de Gissing": George Gissing (1857-1903), autor do romance *New Grub Street* (1891), que descreve os círculos literários e jornalísticos de Londres nos anos 1880. "Colônia do Cabo": referência à colônia inicialmente holandesa e, mais tarde, britânica, situada no extremo sul do continente africano, que deu origem à República da África do Sul. (N. do T.)

Pertenço aos poucos que, naquele tempo, bem nos primórdios, viram como nasceu — *in statu nascendi* —, na origem, na fonte, quando parecia totalmente acidental, transitória, quase inofensiva, quase bem-intencionada, quando essa miséria ainda era pouca, acanhada, e parecia que nem ia crescer, não era susceptível de evolução, que não daria em nada. Agora tudo isso parece inacreditável. Hoje sua miséria é como um rio enorme e transbordante, com ondas em galope indômito, com redemoinhos e turbilhões, e o fundo pleno de destroços, dentre eles a nau da felicidade também, que já há muito afundou com a sua rica carga, e lá embaixo descansa, com a âncora da felicidade quebrada na lama, para ser vítima de carpas e caranguejos vorazes, mas — asseguro a todos — houve tempo, quando jorrava no seu estreito leito como lago borbulhante e nós saltávamos de uma margem cheia de flores do campo para a outra, brincando e cantando. Orgulho-me disso como quem em Sulina, no delta do Danúbio, se vangloria de ter pego toda essa água com as duas mãos ainda na Floresta Negra. Prestem atenção:

No começo nem ele levava a sério. Então como é que começou? Numa tarde, no café, pôs a mão no seu bolso e me lembro — talvez pela primeira vez na vida — que constatou com surpresa que não tinha dinheiro. Naquela época, isso nem lhe teria causado espanto. Deveria saber que tinha gasto seu dinheiro de manhã, por isso não poderia ter dinheiro. Mas ele, como as crianças, não relacionou de pronto causa e efeito. Sua bela face flamejante — que desde então a vida martelou numa obra-prima de dor e amargura — espelhava o espanto. Como, pela sua falta de dinheiro, não era servido pelos garçons, ou era posto para fora do bonde, ou aqueles que tinham dinheiro não lhe davam crédito, seu espanto virou assombro. Teve que aprender tudo isso. E aprendeu, mas muito devagar. Nos primeiros tempos, toda a vergonha que acompanha a miséria era uma surpresa dolorosa. Conheceu as proprietárias briguentas, que no primeiro dia do mês querem pelo menos uma parte do aluguel vencido, e os alfaiates irritados, que em toda e qualquer manhã sacodem a maçaneta com raiva. Ofegante relatava-nos suas experiências. Há dois dias não como. Há três dias não como. Não tenho lenha nem carvão. A água gelou na pia. A sola do meu sapato é o editorial de ontem do *Hungria Independente*. Mandei fazer uma camisa da minha cueca suja e, como gravata, dei um nó numa chicória. Não posso dormir nem no abrigo comunitário, lá também me puseram para fora, durmo na escadaria e me cubro com o capacho. As lágrimas brilhavam nos seus olhos. Nós chorávamos junto. Pois então essas coisas eram novidade tanto para nós como para ele.

Assim viveu dos vinte aos vinte e oito anos de idade. Chamo essa fase de seu período lírico. Mais tarde casou. Casou várias vezes. Quantas? Não faço ideia. Não contei. Por sinal nem ele. Conheci pessoalmente quatro ou cinco esposas oficiais, mas devem ter sido muitas mais. Quando jovem, Sárkány casava com qualquer uma que fizesse a menor menção a respeito. Provavelmente por isso, se espalhou entre as mulheres de Budapeste a opinião, não sem fundamento, de que os poetas são maridos natos, e nem vale a pena provocar figuras tão caprichosas e irresponsáveis como atacadistas de suínos ou banqueiros. Obviamente por causa da sua situação financeira, logo se separava de suas esposas, mas logo também procurava outra. Confesso: nunca sabia quem era a sua esposa. Geralmente a cada trimestre me contava chorando que tinha se desiludido com seu casamento. Nem então eu sabia a quantas andava com sua atual esposa. De manhã, no seu estilo passional, chamava-a de "cadela pérfida e nojenta", mas na hora do almoço, quando só por delicadeza eu perguntava o que fazia a "cadela pérfida e nojenta", protestava raivosamente, como eu podia injuriar assim o "anjo abençoado", pois haviam feito as pazes nesse ínterim, mas,

Miséria

quando de tarde queria consertar o meu erro e perguntava pelo "anjo abençoado", revoltava-se contra minha malícia insolente, e de novo falava sobre a "cadela pérfida e nojenta". Neste meio-tempo, haviam se desentendido de novo. Seus filhos nasciam cada vez mais, muitos. Alguma esposa, outrora separada ou viúva, por um curto ou longo período esquecia com ele seus filhos de outro casamento, mesmo depois de se separar dele. Ninguém conseguia se situar nessa densa, mas acima de tudo complicada, relação familiar. Talvez somente um historiador com qualidades de detetive conseguisse esclarecer completamente a história, depois de uma profunda investigação, depois de uma longa pesquisa.

É suficiente dizer que ele continuava a trazer diariamente as notícias mais alarmantes. As crianças não têm roupa ou berço. As crianças não têm sapatos nem sepulturas. Essas infelizes crianças nunca tinham nada. Nós procurávamos ajudar dentro das nossas possibilidades, mas com muito, com muito menos entusiasmo do que antigamente. Nada nos surpreendia. Acostumamo-nos às tragédias. Ele também se acostumou, coitado. Seu modo de se expressar mudou. Seu ardor lírico desapareceu. A apresentação de seu martírio era feita numa forma longa, sem exclamações veementes, não odiava nem xingava aqueles que, exigindo a quantia que lhes cabe, como marionetes avançadas do destino, atentavam contra sua vida e, fora de seus próprios erros, se tornavam executores de sua sentença de morte: no decorrer dos anos foi tomado por uma certa sabedoria, mostrava indulgência e compreensão para com eles, muitas vezes até os justificava, e preferia se ater a mostrar os fatos com precisão, com grande quantidade de detalhes, para que nenhum erro aparecesse em seus dados.

Para tanto, precisava de tempo. Geralmente nos chamava de lado e, com serenidade, mas de maneira solene, perguntava se tínhamos alguns minutos para lhe conceder. Entrávamos no salão reservado do café. Fechava a porta com chave.

Tínhamos que dar nossa palavra de honra de que jamais contaríamos para ninguém aquilo que iríamos ouvir, e depois tínhamos que jurar sobre a vida de nossos filhos, ou de nossos pais, ou sobre o túmulo de algum ente querido, que manteríamos silêncio — o que era ainda mais incompreensível já que contava a todos de um em um — em troca de formalidades e promessas parecidas. Comunicava-nos, por exemplo, que no dia 19 do mês passado, sexta-feira de manhã, quatro minutos antes das oito e meia, um oficial de justiça apareceu na sua casa, confiscou seus móveis, e que anteontem, na hora do almoço, precisamente às treze horas, já os tinham leiloado, duas hienas compraram todos os seus pertences, até o seu último travesseiro, mas essas não eram hienas comuns, mas — é como se expressou — "hienas gentis e generosas", e até lhe prometeram que, se em 24 horas arrumasse dinheiro, devolveriam sua mercadoria sem nenhum lucro, só precisava de dinheiro, dinheiro e dinheiro. Outra vez, da mesma maneira gentil nos comunicou que o proprietário da casa, também "gentil e generoso", foi obrigado a despejá-lo, realmente não poderia fazer outra coisa, nem foi muito agressivo, mas quando sua mãe viúva, doente e de cabelos brancos, que por sinal estava na cama com 39,8 graus de febre, timidamente observou que talvez pudessem ficar por mais alguns dias, até que se restabelecesse, o proprietário rapidamente deu dois tapas na cara da matrona inválida de oitenta e três anos, primeiro mais forte, em seguida um pouco mais fraco, depois tirou-a da cama, chutou-a pela escada, fazendo-a dar por volta de sete tombos, provocando ferimentos quase desprezíveis, um grande na testa, um pequeno no joelho esquerdo. Essa fase de sua miséria, que durou até os quarenta e dois anos, com a tranquilidade de um épico vasto e ondulante, é o seu período narrativo.

Agora está na sua terceira fase. Já não se queixa para ninguém. Até parece satisfeito. Fica sentado no café, ao lado de um copo d'água. Cumprimenta-nos afavelmente, procura conversar sobre coisas alegres e indiferentes. De repente enxuga seu rosto com o lenço. Um objeto preto e escuro cai no chão, fazendo barulho. Achamos que é um pedaço de ferro. Com um sorriso nos esclarece que não é ferro, só um pedaço de pão, aquele pão seco, mofado, azedo que há duas semanas é deglutido por ele e sua família. Faz um gesto qualquer e muda de assunto. Ouvimos que agora finalmente está feliz, trabalha em casa, passa a noite toda escrevendo com tranquilidade, à luz de uma vela, sobre a caixa de carvão, e assim ficamos sabendo que cortaram sua luz, e que a caixa de carvão é sua única mobília. Ouvimos também que gostaria de ficar conversando conosco, tem tempo, está justamente esperando um benfeitor que irá trazer de presente uma perna mecânica usada, mas em bom estado para a sua filha mais velha, que meses atrás se atirou aos trilhos do bonde por causa da sua miséria, é o mesmo benfeitor que colocou sua mãe gratuitamente no manicômio, pois enlouqueceu com as constantes necessidades. Fitamo-lo pálidos, e a vertigem nos rodeia. Transtornados observamos que apesar disso, graças a Deus, ele está com boa aparência. Ele concorda e explica que nos últimos tempos realmente está criando músculos, pois nada diariamente. A saber, volta para casa tarde da noite nadando pelo braço morto do Danúbio,[4] porque não tem coragem de voltar escondendo-se nem pelas ruas secundárias, onde foi várias vezes emboscado por seus credores, que o surraram e cuspiram na sua cara. Calamos. Não temos coragem de abrir a boca. Farejamos armadilhas em todos os cantos. Suas pérfidas orações subordinadas nos fitam de soslaio com tragédias inesperadas e de repente dão um passo à frente, como figuras veladas, e mostram o seu rosto. Esta é a fase dramática da sua miséria.

[4] Ramo sem saída do Danúbio em Budapeste. (N. do T.)

O que fazemos? Viramos nossos rostos e rimos silenciosamente. É infame, reconheço. Pois o que diz, mesmo que um pouco exagerado, sempre tem um fundo de verdade. Mas é insensato. Antes chorávamos sua pequena miséria, depois tudo fizemos em seu favor, só agora o abandonamos, justo quando mereceria o máximo de ajuda e solidariedade. Mas assim é o homem. Nosso senso de medida não suporta o imensurável. Após um certo ponto, até o sofrimento se torna hilário. O *unhappy end* é tão inverossímil como o *happy end*. Se o herói da tragédia morre no final do quinto ato, choramos, se dois, três ou cinco morrem, choramos aos soluços, mas se o mensageiro, o primeiro e o segundo criados, o contrarregra, o ponto, o cenógrafo e o bombeiro também morrem, disso só podemos rir. Infelizmente tais tragédias ocorrem também na vida. Essas também não merecem crédito.

Os irmãos Goncourt, no seu diário, escrevem sobre uma mulher que numa viagem de diligência conta a história, de estraçalhar o coração, de uma amiga que há muito não via. Seu pai fora morto a tiros, sua mãe se afogara, seu marido se queimara consumido pelas chamas, só tinha um filho, que vivia no Egito e, recentemente, ao se banhar no Nilo como fazia tantas vezes, alegre e despreocupado, um crocodilo aproximou-se dele. Mas a mulher só conseguiu chegar até aí na história. Os passageiros, que até então ouviam-na com profundo pesar, não aguentaram esperar o final, quando o crocodilo abriria sua terrível boca e engoliria a criança, e apesar de saberem que o que estavam ouvindo era verdade, palavra por palavra, todos ao mesmo tempo caíram numa enorme gargalhada. Sim, meus amigos. Tudo tem limite. O que é demais, é demais.

O SALVA-VIDAS

Os banhistas sempre nadavam até o meio do Danúbio, à frente do navio procedente de Viena, e aos berros balançavam, dançavam nas enormes ondas.

Esti, que toda tarde se esticava nas margens em calção de banho, observava a turma alegre com inveja. Nadava melhor que qualquer um deles, mas sua imaginação também era mais viva. Por isso sentia medo.

Certa vez resolveu que, acontecesse o que acontecesse, nadaria até a outra margem.

Seus braços musculosos agitavam a água. Nem percebeu, e já chegara ao meio do Danúbio. Lá, diminuiu um pouco o ritmo. Começou a se observar. Sua respiração não estava ofegante, seu coração batia regularmente. Aguentaria bastante, ainda. Mas lembrou que não sentia medo, e essa ideia de falta de medo assustou-o tanto que imediatamente começou a ter medo.

Decidiu voltar. Só que a margem de onde partira parecia mais distante que a oposta. Então procurou alcançar a oposta. Para lá a água era estranha, profunda e fria. A câimbra atingiu sua perna esquerda. Ao esticar a direita, seus músculos fizeram um nó. Como costuma acontecer, quis virar de costas, mas apenas revolveu-se, girou, afundou, bebeu alguns goles, voltou à tona por uns instantes e, envolvendo-se nos escuros véus das águas, afundou. Suas mãos agitavam-se desesperadamente.

Isto foi notado na margem. Gritaram que alguém estava se afogando no meio do rio.

Um jovem, de calção de banho azul, que se debruçava no peitoril do balneário, atirou-se entre as ondas, e arrancou com toda força em direção ao afogado.

Chegou ainda a tempo.

A cabeça de Esti justamente veio à tona. O salva-vidas agarrou seus longos cabelos e arrastou-o até a margem.

Lá, rapidamente recuperou sua consciência.

Ao abrir os olhos, primeiro vislumbrou o céu, depois a areia, depois as pessoas, que estavam sob a luz dourada, com seus corpos nus que refletiam uma luz prateada. Um senhor também nu, que usava óculos de aro preto, estava ajoelhado ao seu lado, e examinava seu pulso. Obviamente era um médico.

O grupo que se formou à sua volta observava com interesse o jovem de calção de banho azul que — como soube — o trouxera das garras da morte sob a excitada curiosidade do público.

Esse estendeu-lhe a mão e disse:

— Elinger.

— Esti — apresentou-se Esti.

— Oh, mestre — fez-se o jovem de modesto —, quem não conhece o mestre?

Esti procurou comportar-se como "conhecido por todos".

Estava embaraçado.

Já tinha recebido muitos presentes: um lindo álbum de selos quando criança, na crisma um anel de ouro, mais tarde algumas críticas elogiosas, até um prêmio da Academia, mas tanto assim, de uma só vez, nunca ganhara. Só da mãe e do pai, juntos, um dia.

Seu novo conhecido devolvera-lhe a vida. Se por acaso não viesse se banhar esta tarde, ou se no instante do acidente acendesse um cigarro em vez de mergulhar de cabeça, então estaria agora embaixo, entre os peixes, no leito do rio... num local desconhecido... quem sabe onde... Agora havia renascido, aos trinta e dois anos.

Levantou e apertou a mão do jovem. Assim murmurou:

— Obrigado.

— Oh, de nada.

— Obrigado — disse, como se registrasse que alguém lhe oferecera fogo na rua e, como percebesse a debilidade de suas palavras, deu peso aos seus sentimentos com a acentuação, e repetiu calorosamente: — Obrigado.

— Nem merece palavras.

"A minha vida?", pensou Esti, e em voz alta:

— O que fez, meu senhor, foi magnífico. Foi heroico. Foi humano.

— Estou feliz.

— Eu não tenho palavras, de verdade... não tenho palavras — gaguejou Esti, e então pegou a outra mão do jovem, e sacudiu tempestuosamente as duas.

— Por favor — gaguejou o jovem.

— Depois de tudo isso seria bom que nos conhecêssemos um pouco melhor. Será que teria tempo?

— Quando quiser, mestre.

— Hoje? Não, hoje não. Amanhã, na minha casa, para um café. Espere, talvez de noite, sabe, no terraço do Glasgow. Às nove.

— Muito me honra.

— Então estará lá?

— Sem falta.

— Até à vista.

— Até à vista.

O jovem curvou-se. Esti abraçou seu vulto molhado e partiu. Ao se dirigir aos vestiários, olhou para trás e acenou várias vezes.

Às nove em ponto surgiu no terraço do Glasgow. Procurava o seu homem. Por enquanto não o encontrava em nenhum lugar. Nas mesas, em frente a ventiladores elétricos, pseudoviúvos se refrescavam bebendo champanhe cítrica com mulheres.

Às nove e meia começou a se impacientar. Esse encontro era uma necessidade espiritual. Lamentaria se se desencontrassem e devido a um mal-entendido não visse mais aquele que era o seu maior benfeitor. Chamava um garçom atrás do outro, perguntando pelo senhor Elinger.

Foi então que descobriu que não saberia descrevê-lo. A única coisa que lembrava era o calção de banho azul e um dente de ouro bem na frente.

Por fim, nas proximidades do elevador, por onde os garçons entravam e saíam passando pelos vasos decorativos, percebeu alguém que sentava de costas para o público e esperava com humildade. Foi ao seu encontro.

— Desculpe, senhor Elinger?

— Sim, senhor.

— Ora, então o senhor está aqui? Faz muito?

— Desde as oito e meia.

— Não me viu?

— Vi sim.

— Por que não veio até mim?

— Não quis incomodar o mestre.

— Mas que coisa. Nem sequer nos reconhecemos. Que interessante. Meu amigo, meu caro amigo, faça o favor. Aqui, aqui. O garçom trará seus pertences.

Era meia cabeça mais baixo que Esti, mais magro, menos musculoso. Dividia ao meio seu cabelo loiro, quase escarlate. Vestia uma roupa branca de verão, cinto, gravata de seda.

Esti fitou seu rosto. Então esse era ele. Assim é um herói, um verdadeiro herói. Sua testa era rude, sinal radioso de resolução, determinação. Sentia a vida ao seu redor, a verdadeira vida, que ele abandonara pelo bem da literatura. Um pensamento se remexia na sua cabeça, quantas almas preciosas vivem ocultas sem que o mundo saiba das suas existências, ele deveria procurar mais as pessoas. Era a sua simplicidade, sobretudo, que o fascinava, essa grande simplicidade que ele nunca adquiriria, pois provavelmente já no berço era complexo e composto.

— Antes de tudo, vamos comer alguma coisa — tomou a iniciativa suavemente. — Estou com uma fome de lobo. Espero que o senhor também.

— Não, tomei lanche faz pouco.

— Que pena — respondeu Esti distraído, estudando o cardápio. — Muita pena. Então vai jantar. Mestre, o que temos? Peixe de entrada, perfeito. Ervilha, também está perfeito. Frango à milanesa, com salada de pepinos. Torta. Morangos silvestres, chantili. Excelente. Cerveja, depois vinho. Traga Badacsonyi.[5] Água mineral. Peço tudo isso — acrescentou.

Elinger sentava à sua frente, com os olhos baixos, como quem tem culpa no cartório.

O terraço com sua iluminação artificial abria-se em fogo para o céu em brasa. Lá embaixo, numa escuridão africana, a cidade ofegante, com suas casas empoeiradas e suas pontes. Só a linha desenhada pelo Danúbio brilhava palidamente.

— Desabotoe sua camisa — aconselhou Esti —, o calor ainda está infernal. Eu passei o dia escrevendo pelado. Só vestia minha caneta-tinteiro.

Elinger não dizia nada.

Esti colocou a mão sobre sua mão e assim falou com um acalorado interesse:

[5] Tipo de vinho branco húngaro. (N. do T.)

O salva-vidas

— Agora conte algo sobre o senhor. O que faz?

— Sou empregado — respondeu baixinho.

— Onde?

— Na Primeira Companhia de Petróleo Húngara.

— Está vendo — disse Esti, sem saber por quê —, está vendo. É casado?

— Não.

— Eu também não — gargalhou Esti aos céus, que nesse alto terraço estava bem mais próximo.

— Minha vida — disse Elinger dissimulada e significativamente — é uma verdadeira tragédia — e mostrou sua gengiva anêmica em torno de seu dente de ouro. — Perdi meu pai muito cedo, nem tinha três anos. Minha pobre mãe viúva ficou sozinha, com seus cinco filhos, que ela sustentou com o trabalho de suas duas mãos.

Tudo isso é matéria-prima — pensou Esti — sem interesse e sem conteúdo. Só tem interesse e conteúdo o que tem também forma.

— Graças a Deus — continuou Elinger — desde lá todos nós chegamos a um porto seguro. Minhas irmãs casaram bem. Eu também tenho um pequeno emprego. Não posso me queixar.

Ambos comiam com apetite. Elinger, depois de contar a história de sua vida, não sabia dizer mais nada. Esti, de vez em quando, procurava dar uma injeção de éter à conversa moribunda. Perguntou a Elinger quando e onde aprendera a nadar tão bem. Respondeu a isso com poucas palavras objetivas. Depois afundou num emudecimento embaraçado.

Depois dos morangos silvestres, trouxeram o champanhe num balde de gelo.

— Vamos beber — encorajava-o Esti —, vamos beber. Tem quantos anos?

— Trinta e um.

— Então eu sou o mais velho. Se você permitir...

Depois do jantar Esti declarou:

— A qualquer hora, entenda: a qualquer hora estou à sua disposição. Não como aquelas pessoas que dizem: a qualquer hora. Mas sim neste minuto e amanhã e daqui a um ano e daqui a vinte anos também, enquanto eu viver. Com o que eu tiver. Com toda a minha alma. Aquilo que você fez, eu nunca vou esquecer. Sempre serei grato.

— Você me encabula.

— Não, não. Sem você provavelmente não teria jantado aqui esta noite. Portanto, procure-me o quanto antes.

Na hora de pagar Elinger começou a procurar a carteira.

— Era o que faltava — protestou Esti.

E mais uma vez lembrou:

— Procure-me sem falta. Primeiro me telefone. Anote o meu telefone.

Elinger anotou o telefone de Esti. Ele também passou o telefone da Primeira Companhia de Petróleo Húngara. Esti anotou.

Para que eu anotei? — meditou, depois de se despedir. Tanto faz. Na próxima ocasião em que precisar ter a vida salva talvez possa chamá-lo.

O número de telefone ficou muito tempo atrapalhando sobre sua escrivaninha, e depois se extraviou. Não lhe telefonou. Elinger também não o chamou. Durante longos meses não deu notícias de vida.

Esti pensava nele com frequência.

Aqueles que há muito esperamos geralmente aparecem quando estamos nos barbeando, ou nos aborrecendo por ter quebrado um disco novo, ou tirando uma lasca do nosso dedo mindinho e a nossa mão ainda sangra. As mesquinhas circunstâncias da vida nunca permitem reencontros festivos, majestosos.

Antes do Natal esfriou acentuadamente. Esti pensava

O salva-vidas

113

em tudo, menos em nadar e se afogar. Era domingo, onze e meia da manhã. Preparava-se para a conferência à uma.

Foi quando anunciaram Elinger.

— Estou feliz porque finalmente apareceu — gritou. — Quais são as boas novas, Elinger?

— Eu estou me virando — disse Elinger —, só que a minha mãe está doente. Muito doente. Semana passada foi internada no hospital com derrame. Agradeceria se no momento pudesse...

— De quanto se trata?

— Duzentos *pengös*.

— Duzentos *pengös*? — perguntou Esti. — Não tenho tanto comigo. Tome cento e cinquenta. Amanhã mandarei mais cinquenta para a sua casa.

Esti mandou a diferença ainda no mesmo dia. Sabia que era uma dívida de honra, que deveria ser amortizada. Afinal recebera sua vida de Elinger como empréstimo, que devia ter totalizado este montante de juros desde então.

Mais tarde, durante a convalescença da mãe, ainda deu em parcelas maiores ou menores mais duzentos *pengös* e, quando a mãe morreu, depois do enterro, trezentos e cinquenta, que ele teve que pegar emprestado.

Depois disso, Elinger apareceu várias vezes. Por esse ou outro motivo tirava dele quantias até insignificantes. Ora vinte *pengös*, ora cinco.

Esti pagava com um certo deleite. Depois sentia-se aliviado. Só não suportava a sua presença, sua gengiva anêmica, seu dente de ouro e o ritmo tedioso de suas frases.

— Afinal este sujeito é — pensou Esti, acordando para a realidade — um dos maiores idiotas do mundo. Só alguém assim seria capaz de salvar a minha vida. Se fosse mais inteligente, com certeza teria deixado eu me afogar.

Numa madrugada, ao chegar em casa, Elinger estava sentado no seu escritório.

Comunicou alegremente:

— Ei, imagine, fui despedido do meu emprego. Sem qualquer aviso prévio ou indenização. Desde o dia primeiro estou sem moradia. Pensei em vir para cá esta noite e dormir aqui. Se você permitir.

— Naturalmente — respondeu Esti e entregou-lhe um pijama limpo. — Pode dormir aqui no sofá.

Porém no outro dia perguntou:

— Então, o que você pretende fazer agora?

— Nem eu sei. Era um empreguinho de nada. Labutar das oito da manhã às oito da noite. Por uns míseros cento e vinte *pengös*. No fundo, nem valia a pena.

— Você precisa procurar algo melhor — observou Esti.

Elinger correu durante alguns dias para cima e para baixo, para no final declarar, desalentado, que não existia nenhuma oportunidade de trabalho.

— Você não deve se desesperar — consolou-o Esti. — Enquanto você não achar um emprego apropriado, pode morar comigo. Ganhando mesada todo dia primeiro.

Era um garoto quieto e modesto. Ia com ele ao círculo de artistas almoçar e jantar, e ocasionalmente aos ensaios. Em casa se esticava no sofá. Não parecia ter muito vigor. Pelo visto, tinha gasto suas últimas energias ao salvar a vida de Esti.

Só uma coisa era desagradável.

Era que quando Esti escrevia, atormentado, contorcendo o rosto, ele sentava defronte e o observava curioso, como a um estranho animal na gaiola.

— Elinger — disse Esti atirando sua caneta —, eu gosto muito de você, mas peço pelo amor de Deus que não olhe para mim. Não consigo escrever se você olha para mim. Eu trabalho com os meus nervos. Faça o favor, dirija-se ao outro quarto.

Durante vários meses mimaram-se assim, sem que nada

O salva-vidas

115

de importante acontecesse. Elinger aquartelou-se. Na Páscoa, gastando toda a sua mesada, comprou um novo tipo de borrifador de perfume com mangueira de borracha e deu um banho em todas as suas conhecidas.[6] Nas suas horas livres lia uma revista teatral com a máxima atenção.

Certa vez, colocou sob o nariz de Esti a revista teatral, cuja capa era uma atriz de cinema. Assim falou:

— Ei, essa sabe das coisas.

— O que ela sabe? — perguntou Esti com ar rigoroso.

— Isso e aquilo, e outras coisas mais — falou Elinger e deu uma piscadela travessa.

Esti saiu do sério. Foi para o escritório com estes pensamentos:

— O que é demais, é demais. Reconheço que salvou minha vida. Mas a questão é para quem ele salvou: para mim ou para ele? Se isso continuar assim, então eu não quero mais a minha vida, devolver-lhe-ei pelo reembolso postal, sem taxas, como amostra, sem valor comercial, que ele faça dela o que quiser. Até a lei diz que por objetos perdidos o honesto achador recebe só dez por cento. Esses dez por cento eu já paguei faz muito em dinheiro, tempo e sossego. Não lhe devo mais nada.

Entrou em cena de imediato.

— Elinger — disse —, isso não pode continuar assim. Você tem que se pôr de pé, Elinger. Eu te apoio, mas só você é que pode se ajudar. Trabalhe, Elinger. Levante a cabeça, Elinger.

Elinger deixou sua cabeça pender. Seus olhos acusavam, acusavam muito.

Depois, continuou a se esticar no sofá, continuou a ler a revista teatral, continuou a frequentar os ensaios, para os

---

[6] É costume na Hungria borrifar com água ou água-de-colônia as mulheres na Páscoa. (N. do T.)

quais já recebia convites personalizados, como os recebiam os parentes das cabeleireiras, dos alfaiates e ginecologistas do teatro. E os meses passavam.

Numa noite de dezembro, caminhavam juntos para casa pelas margens do Danúbio.

Elinger perguntava pela vida particular das atrizes, quantos anos tinham, quem tinha se casado com quem, quantos filhos tinham, e quem se separara recentemente. Esti, que costumava ter acessos de raiva em tais ocasiões, respondia humilhado.

— Ei — disse de repente Elinger. — Escrevi uma poesia.

— Não me diga

— Quer ouvi-la?

— Diga.

— *Minha Vida* — começou, e manteve uma pausa, para fazer sentir a ênfase. — Este é o título. O que você acha?

Declamou devagar, com sentimento. A poesia era ruim e comprida.

Esti abaixou sua cabeça. Pensou até que ponto tinha chegado, e o que tinha ele a ver com este sujeito nojento. Olhava o Danúbio, que corria entre as margens íngremes com suas ondas turbulentas e seus blocos de gelo.

— Se eu o empurrasse — pensou.

Mas não só pensou. Naquele instante já o tinha empurrado.

Saiu em disparada.

O salva-vidas

O FIM DO MUNDO

— Você costuma sonhar com o fim do mundo? — perguntou-me Kornél Esti. — Então, você também costuma. Eu, em média cinco ou seis vezes por ano, acabo com o mundo nos meus sonhos, aniquilo o globo terrestre que nem aquelas bolotas de areia ou barro que eu modelava quando criança às margens do lago, e depois com uma régua cortava em duas partes, impiedosamente. Parece que necessitamos disso. Nessas ocasiões levamos a cabo uma maravilhosa e feliz destruição. De repente todos somem, e tudo, inclusive nós, mas não só nós dois, mas toda a humanidade abraçada, anciões e bebês, leões e pulgas, guindastes, termômetros, canhões e toucas de bigode. Acredite, há nisso algo de reconfortante. O gênero de morte mais indolor é quando nada e ninguém fica depois de nós, não temos a quem invejar, até o futuro, que poderia nos recordar, desmorona conosco, junto com o nosso amigo jornalista, que poderia escrever um artigo choroso sobre nós, abraçando nosso cadáver com uma afável malícia.

Lembro-me de muitos desses sonhos de fim de mundo. Houve tenebrosos, com todas as trevas do inferno. Houve luminosos, com todas as luzes do paraíso, com raios cruzando os céus e esplendorosas rosas luminosas. Houve biblicamente sérios e solenes. Houve teatrais e impressionantes, como o final de uma obra de Wagner, onde cornetas rugiam e trombetas berravam. Houve rápidos e terríveis, quando o mundo foi torrado em instantes pela cauda de fogo de um cometa, como num curto-circuito interestelar qualquer, e eu mergulhei no espaço sideral de cabeça para baixo, cabelos esvoaçantes, esticando minhas pernas que coçavam voluptuosamente, e deslizava, voava durante longos anos-luz, sem chegar ao meu destino. Este fim do mundo, que sonhei por último, se diferencia dos outros por ter sido lento; durou muito, foi detalhado e tão plausível como um bom conto que coloca o inacreditável e o sobrenatural dentro de molduras cotidianas, entre fatos e dados, e é justamente por isso que se torna aceitável, realmente emocionante. Quer que o conte?

Aconteceu então, meu amigo, que numa tarde de verão, lá pelas seis e meia, eu passeava pela avenida Erzsébet. Justamente queria entrar num café, para escrever um rápido artigo sobre teatro, quando percebi que, na calçada, grupos mais ou menos grandes se juntavam, e as pessoas, com os pescoços esticados, olhavam alarmadas para um ponto no céu, a leste, apontavam para lá, murmuravam algo, mas ainda muito baixo, e eu não podia ouvir o que era. Conhecia essas aglomerações de Pest. Uma criança perdia o seu balão, olhavam enquanto caía sobre os telhados, ou olhavam um estranho avião estrangeiro, ou um saco de papel estufado com ar, que dançava para lá e para cá com o vento, ou simplesmente olhavam o nada, apenas por zombaria, procurando pegar os trouxas. Nem me importei com eles. Mas, adiante, eu também vi o que eles viam e então meus dedos gelaram de pavor e meus pés criaram raízes.

O que eles olhavam? Algo totalmente insignificante. Um pequeno ponto de luz no canto leste do céu, azul pálido, como a lamparina dos quartos de hospital, nada maior do que isso. Mas me expressei mal. Mal percebi e já estava maior, muito mais incandescente, do tamanho do meu punho, e brilhava como uma lâmpada de arco voltaico. Aproximava-se a olhos vistos. Por enquanto se fazia silêncio, como diante de decisivas mudanças políticas, quando a vida e a morte estão em jogo, e as forcas miram o céu. Mas no instante seguinte a multidão começou a berrar, gritava para o céu, com os braços abertos, na cega desorientação procurava refugiar-se nos portões, ou corria para a rua, e uma mobilização geral, uma revolução mundial, a inimaginável desordem de uma greve reinava em toda parte. Os bondes pararam.

A guarda montada surgiu num galope altivo, espadas desembainhadas, mas em pouco tempo eles também se misturaram à multidão aterrorizada, desfazendo-se de suas espadas. As sirenes dos carros dos bombeiros e dos soldados urravam, buzinando a catástrofe, mas totalmente sem destino, porque nem eles sabiam o que deveria ser apagado, ou protegido, e contra quem estavam lutando. Alguém percebeu que um pó azul muito fino, de composição química desconhecida, caía sobre seus cabelos, e seu rosto, mãos, testa também ficavam azuis como aquele corpo desconhecido, que agora já ardia como um enorme prato no firmamento. Com isso a agitação chegou ao auge. Todos olhavam pasmados seus rostos azuis nos seus espelhos de bolso. O sol se pôs, mas o calor não cessava, até aumentava. Queríamos telefonar para alguém, mas não sabíamos para quem. As cabines telefônicas foram tomadas de assalto. Todas as linhas estavam ocupadas. A própria central também estava ocupada, procurava entrar em contato com o universo para receber instruções, mas em vão. Alto-falantes berrantes alertavam a população para que mantivesse a calma.

Finalmente apareceram nas manchetes dos jornais as primeiras informações, flutuando em branco, como gaivotas na tempestade. *Silêncio, ordem* — berravam os jornais, apoiando-se na sua antiga respeitabilidade, mas se perdendo na agitação, sem poder dar outros conselhos para seus leitores, apenas sugerindo que saciassem sua sede com água mineral e, além disso, quitassem suas assinaturas em atraso, porque o jornal, mesmo sob estas condições, ainda é o melhor presen-

O fim do mundo

te, o mais confiável dos amigos e a mais nobre das diversões. Farmacêuticos charlatões, que durante toda uma vida não haviam conseguido vender suas mixordiosas fórmulas, mascateavam nas ruas vendendo seus calmantes contra a peste "fim do mundo", e faziam os crédulos tomar seus laxantes, vomitórios e tônicos capilares encalhados. Às nove da noite, através do rádio, o diretor do Observatório de Greenwich fez um pronunciamento à humanidade. Procurou dar às suas palavras uma certa dignidade serena, revestindo-as com um verniz científico, mas a cada uma se notava que ele, que tem o endereço de toda estrela ordeira do firmamento que está habilitada a ter uma moradia, e a ficha de trajetória de todos os cometas vadios, de vida pregressa, inúmeras vezes flagrados, nem suspeita quem seja este aventureiro azul e ardente, este monstro celeste, que visita a Terra sem ter feito nenhum anúncio preliminar e que ameaça a todos nós com o fim. Não se podia manter o perigo em segredo. À meia-noite, um cientista de Paris, sem maiores rodeios, fez saber ao mundo que sua última hora havia chegado, e que, se o corpo celeste continuasse a se aproximar nesse ritmo, e como não existia nada que provasse o contrário, então dentro de três dias toda a vida desapareceria, e o melhor a fazer seria todos nos prepararmos para a sublime morte em uníssono. Esta sua opinião, mais tarde verificada e ratificada por um astrônomo americano através de cálculos precisos, foi publicada sucintamente pelos jornais em edição extraordinária.

Confesso que nesse ponto já estava achando essa história extremamente maçante, o destino da humanidade não me interessava mais, nem o meu próprio destino, e cansado, extenuado, arrastei-me para casa. Decidi que em casa ficaria cara a cara com a realidade. Nem precisei acender a luz. Uma luz azul afiada invadiu o meu escritório, como na Gruta Azul de Capri sob o mais brilhante sol. Durante horas caminhei para cima e para baixo, com as mãos para trás. Não sabia o que fazer. Nem vontade de escrever tinha. Para quem e para quê? Deveria deixar um testamento? Também seria algo imbecil. Preferi beber. Tinha um licor de cacau holandês, que recebera de um admirador excêntrico, totalmente imprevisível. Sempre procurara ser econômico com a bebida, porque era cara, rara e saborosa, para mim uma verdadeira ambrosia, hoje em dia realmente inadquirível. De gole em gole, bebi-a por inteiro. Isto acendeu uma luz no meu cérebro. Fiquei com vontade de comer. Desde meus últimos exames, meus médicos me haviam proibido as comidas pesadas, condimentadas. Cortei um pedaço de salame, de três dedos de espessura, assim, do jeito que eu gosto, e dei-lhe uma ávida dentada, pouco me importando com quaisquer consequências. Comecei a me sentir ótimo. A única coisa que me atrapalhava era, na minha frente, na parede do meu escritório, a pintura futurista intitulada *Composição* piscando para mim. Fora presenteado com ela por Pepi Welly, que conseguia unir com sucesso a falta de talento à demência. Odiava esses borrões do fundo da alma, mas até agora ficara sem jeito de jogar fora. Pepi Welly, uma vez por mês, por pretextos os mais diversos, me visitava para espionar se o seu quadro ainda estava pendurado. Agora, com o meu canivete, retalhei o quadro. O ar se purificava.

Depois de terminadas as questões físicas, passei para as espirituais. Escrevi duas cartas. A primeira para Katica, que durante uma vida acreditou que eu a amasse. Comuniquei-lhe que absolutamente não a amava, e nunca a amara, rompi com ela, nunca mais queria vê-la. A segunda escrevi para Viola, de quem fui afastado por mãos ímpias. Confessei-lhe que só a ela amava, jurei-lhe fidelidade para os próximos três dias, o que para nós significava a vida e a eternidade. Isto me tranquilizou.

Resolvi mais uma coisa. Você sabe que há dois anos recebi um adiantamento de um editor patife para escrever um

O fim do mundo

livro de vinte laudas sobre um político palerma qualquer, que deveria ser retratado como a maior mente e personalidade deste século. Esse adiantamento desde então retumbava com enorme peso sobre mim. Todas as vezes que abria a minha caneta, lembrava-me desse político palerma e da tarefa aceita mas sempre adiada, e minha alma se paralisava, não conseguia trabalhar. Eu, como você bem sabe, nunca devolvi um adiantamento. Nem nas minhas mais agudas loucuras faria tal ato. Talvez nem nos meus sonhos. Mas, agora que sonhei com o fim do mundo, eu o fiz. De pronto devolvi o adiantamento de dois mil *pengös* ao editor patife através de um mensageiro expresso, e recomendei-lhe que, se fosse necessário, o acordasse.

Ah, como fiquei aliviado. Não tenho mais que viver, portanto posso viver. Não tenho mais que escrever, portanto posso escrever de novo. Comecei a viver, meu amigo, de imediato, com a doce Viola na minha alma, e também comecei a escrever, sem me importar que não existiriam mais leitores, honorários e glória; só escrevia, escrevia, diante da estrela fatal cada vez maior, no calor infernal, insensatamente e feliz, até a madrugada, e fiquei embriagado pela alegria, pelo meu futuro de três dias e pelo meu trabalho. Agora, note bem, só aquele que está totalmente preparado para a morte é que pode viver, e nós, tolos, morremos, porque só nos preparamos para a vida, e queremos viver a todo custo. A ordem que você vê ao seu redor, na verdade, é desordem, e a desordem é a verdadeira ordem. E o fim do mundo, no fundo, é o começo do mundo. É isto que eu queria comunicar a você.

A DERRADEIRA CONFERÊNCIA

Como de hábito, subiu no trem no último minuto. Jogou sua bagagem numa cabine. As rodas começaram a correr pelos trilhos.

Era uma tarde sombria de inverno.

Com sono, olhou pela janela com os olhos vermelhos. Viu os campos brancos, as gralhas que os sobrevoavam, essa grande paisagem em preto e branco, depois deu um bocejo tão grande que parecia querer engolir tudo isso, fechou as cortinas para não ver mais nada, e como sempre, ao iniciar ou finalizar algo, acendeu um cigarro.

Tinha iniciado a viagem e finalizado o embarque. Portanto, ao terminar o primeiro cigarro, acendeu o segundo.

Dirigia-se ao interior, para uma conferência.

Quantas conferências já devo ter proferido, meditava, talvez cem, se não for cento e cinquenta, há duas décadas e meia. Ora acho muito cansativo, ora penso que é minha obrigação. Na verdade, é a razão da minha vida, minha satisfação, meu dia festivo: a chamada glória. É o inigualável grande momento da viagem, dar um pulo a uma pequena cidade, ver as crianças caminharem da escola para casa ao pôr do sol, espiar sua fraternidade, escolher um pequeno restaurante, passear pela rua principal, depois correr para o hotel, fazer os preparativos e, no dia seguinte, embriagado dos aplausos e com ressaca de champanhe, ir embora como se tudo tivesse sido um sonho. Ai, quantas lembranças tenho dessas conferências. Lembro-me dos almoços de domingo, pois em geral ia aos sábados e era convidado a ficar; das sopas de carne dos domingos, nas quais nadavam inchadas miudezas, do vermelho vivo, quase heroico, dos molhos de tomate, e também da arquitetura dos bolos, doces arranha-céus. Lembro-me dos meus amigos extraviados, os tontos antigos colegas que, na manhã seguinte à conferência, enquanto eu ainda enrolava na cama, apareciam de surpresa no cenário do meu quarto com um sorriso ao mesmo tempo evocativo, desculposo e incriminador de que, mesmo esquecidos e anônimos, estavam vivos. Lembro-me de uma afável família que me hospedou, do meu quarto, no qual tudo fizeram para torná-lo confortável e acolhedor, no qual nunca me senti confortável e acolhido e onde, ao ficar sozinho, continuava a sorrir e a fazer reverências, como se meus amáveis anfitriões ainda estivessem por perto, espreitassem meus movimentos até detrás das paredes, e, quando queria me lavar, eles mesmos bombeavam a água na minha bacia. Lembro-me dos meus admiradores, que me atacavam na esquina vindos de trás de um poste, pedindo meu autógrafo, e dos escritores amadores, que me entregavam seus manuscritos como se entrega uma importante petição a um rei, encapados com a guirlanda rosa da devoção, ou então encobrindo uma ameaça pérfida, como os assassinos o punhal. Lembro-me de um café de Nagyvárad, de antes da guerra, onde os garçons discutiam diante dos meus ouvidos qual tinha sido o soneto com mais "cheiro de vida" no domingo passado. Lembro-me de simpáticas velhinhas que me acusavam de desprezar sua obra-prima culinária porque — enfim — não era de Budapeste, e se espantavam, em parte por eu comer tão pouco e em parte por comer tanto, e de, sendo poeta, não desprezar coisas tão prosaicas. Lembro-me de como me carregavam para lá e para cá para ver o orfanato, ou o matadouro, uma galeria de pinturas, ou um hospital de doenças contagiosas, e como eu expressava sobre tudo uma opinião reservada, mas elogiosa, justo eu que, fora escrever, não entendo de mais nada no mundo. Depois lembro-me daquelas meninas e senhoras que nessas ocasiões traziam o capricho e o destino dos anjos. Tudo isso está indissoluvelmente presente nessas excursões, que nunca são as mesmas, mas que sempre se repetem. Como eram bonitas, suspirou. Seria bom viver mais um pouco.

Era por volta das oito. Esti abriu a cortina. Lá fora, o campo de neve já estava tão preto como as gralhas. Lá fora uma neblina espessa, impenetrável, se elevava em redemoinho. A conferência começa às nove, pensou, só terei tempo de me trocar no hotel. Espreguiçou-se. Tirou uma garrafa marrom do bolso interno do colete. Tomou uns goles, que fizeram seus olhos brilharem de pronto. Reanimou-se. Em poucos minutos o clarão de cúpulas iluminadas rompia a escuridão, caixas d'água e chaminés de fábrica lhe acenavam, em seguida o controlador do trem o avisou que tinham chegado.

Entregou sua bagagem, desceu na estação, entre os trilhos, por onde um grupo obscuro se aproximava: o zeloso dirigente do Círculo Cultural com sua jovem esposa, e um jovem pálido, calado e desconhecido. Como nessas ocasiões é costume, perguntaram se tinha viajado bem, se não estava muito cansado, e depois de ele ter murmurado algo sobre isso, colocaram-no no carro e contaram que por toda a cidade é "gigantesco o interesse", apesar de ainda "não terem vendido todos os ingressos", e levaram-no para o hotel, o Águia de Ouro, em cujo anexo se encontra o teatro, assim ele só tem que caminhar até lá.

O jovem pálido, calado e desconhecido, que era o organizador da noitada, acompanhou-o até o hall do hotel com "extrema discrição", esperou até que entrasse no elevador e "retirou-se".

Enquanto o elevador estrepitava, Esti notou que ainda podia ter surpresas. Nunca estivera num hotel interiorano as-

A derradeira conferência

127

sim tão estranho. O elevador galopava, marchava em disparada, já há minutos, cada vez mais e mais para cima.

— Aonde vamos? — perguntou ao garoto.

— Para cima — respondeu o garoto, e com o indicador indicou o alto.

— Para qual andar?

O garoto não respondeu, porque o elevador deu uns solavancos, depois com um grande estrondo parou. Levou calado suas malas por um corredor longo e estreito, pelo qual corriam compridos tapetes rústicos acinzentados que passavam pelas portas pintadas uniformemente de cinza. Abriu uma delas.

— Este é o meu quarto? — perguntou Esti, e atravessando o ar fedido do aquecimento central foi até o centro do quarto e olhou em volta.

Viu um grande espelho ao lado da cama e, na frente, o sofá. Acenou afirmativamente com a cabeça e dispensou o garoto. Olhou pela janela. Lá embaixo, bem lá embaixo, nas montanhas, jaziam, espalhadas, casas de uma pequena cidade, com as suas janelas brilhando com uma luz quente e amarela, como um inesquecível cenário de uma peça de sua infância. Contemplou-as longamente.

— Apressemo-nos — encorajou-se, e começou os preparativos.

Passou a lâmina de barbear chispando pelo rosto, lavou-se em água quente, e depois surgiram de sua mala, peça após peça, a camisa branca, o colete branco, a gravata branca — como a neve lá fora —, depois o fraque preto, a calça preta, os sapatos pretos de verniz — como as gralhas lá fora.

Assobiava uma ária de Bach e divagava sobre o que iria produzir hoje à noite na tribuna. Em todo caso, enfiou no bolso alguns manuscritos novos. Penteava-se frente ao espelho, virando-se para lá e para cá, e constatou com alegria que ainda não era tão velho, que ainda era alto.

— Partamos — ordenou-se, e pisou no corredor.

Era aquele longo e estreito corredor, pelo qual há pouco passara com o garoto, com o rústico tapete acinzentado e com todas as portas uniformemente pintadas de cinza, mas só agora percebeu como era longo e estreito. Em algum ponto no final um espelho cintilava sombriamente, espelhava o longo e estreito corredor com o seu rústico tapete acinzentado e com a infinita fila de portas uniformemente pintadas de cinza. Como queria chegar ao palco o quanto antes, dirigiu-se ao espelho com a esperança de lá encontrar algum tipo de saída, ou escada. Mas se enganou. Ao se aproximar, constatou que o que via no espelho não era imagem, mas a própria realidade. O corredor era infinito. Megalomania provinciana, murmurou, e franziu os lábios. Apressou-se com ar contrariado.

— Parece que me perdi de novo — disse sorrindo, mas embaraçado, para um garçom. Este orientou-o a retornar na direção contrária, onde lá longe via-se um espelho, mas no final também não havia espelho, só o corredor, com suas incontáveis portas e infinitos quartos.

Errou por cinco ou seis minutos, quando um outro garçom encaminhou-o para a direita, depois um terceiro de novo para a esquerda. Já há muito passara das nove e meia. Estava nervoso por se atrasar, perdeu a paciência e começou a correr para lá e para cá, completamente fora de si, para cima e para baixo, de um andar para o outro, e em todo lugar era recebido pelo desesperante labirinto da uniformidade. Ao fim começou a esmurrar a grade do elevador. O elevador parou, o garoto saiu e ele entrou. De novo, num ritmo vertiginoso, decolou para cima, depois caiu, durante intermináveis minutos. Esti gritava, urrava, queria sair.

Chegaram àquele longo e comprido corredor, de onde haviam partido. A porta de seu quarto estava escancarada, dentro a desordem do vestir, espuma na sua lâmina de bar-

A derradeira conferência

bear sobre o lavatório. Parou em frente ao espelho e observou sua tez pálida, sua testa suada. Sabia o que iria acontecer. Mas tinha mais interesse do que horror. Estava espantado por ser tão simples.

Enquanto o garoto corria à procura de um médico, Esti remexeu seus bolsos, pegou a garrafa marrom, e de novo tomou uma dose.

— Por que toma isso? — recriminou o médico, tirando-a da sua mão.

— Porque — respondeu Esti — na Terra as crianças morrem.

O médico constatou que estava delirando, que sua visão estava distorcida. Pegou o seu pulso, mas já não o sentia. Queria fazê-lo sentar numa cadeira. Então, Esti se esborrachou todo no chão. Caiu frente ao espelho, seus olhos se esbugalharam.

Foi então que irrompeu o jovem pálido. Ofegante, exigia o mestre para levá-lo ao palco.

Espantado, constatou o acontecido.

— Interessante — observou —, ainda se olha no espelho.

— Sim — concordou o médico. — Como aqueles artistas. Só que já não está vivo.

SOBRE O AUTOR

Dezsö Kosztolányi nasceu em 29 de março de 1885 na cidade de Szabadka, então pertencente ao Império Austro-Húngaro e, atualmente, à Sérvia, sendo conhecida como Subotica. Brilhante e irrequieto, foi expulso da escola local, onde seu pai era professor de matemática, por insubordinação. Mais tarde, ingressou na Universidade de Budapeste e fez amizades com outros jovens no círculo literário da cidade. Estudou por algum tempo em Viena, mas logo retornou a Budapeste, onde aos 23 anos começou a trabalhar como jornalista em um dos diários da cidade — atividade que iria exercer até o fim da vida. Começou sua carreira literária publicando poemas e contos breves, com uma dicção próxima ao simbolismo. Em 1910, o volume de poesia *Lamentos de uma pobre criança* tornou-se um sucesso nacional; daí em diante ele irá publicar praticamente um livro por ano. Membro da primeira geração de *Nyugat* [Ocidente], revista cultural fundada em 1908, em torno da qual se reuniu o movimento da literatura moderna na Hungria, Kosztolányi definia-se a si mesmo como pertencente à espécie *Homus aestheticus*, adepto da "arte pela arte", o que não o impediu de assumir, esporadicamente, posicionamentos políticos. A década de 1920 viu surgirem seus romances: *Nero, o poeta sanguinário* (1922) — que na Alemanha seria publicado com prefácio de Thomas Mann —, aos quais se seguiram *Cotovia* (1924), *A pipa de ouro* (1925) e *Ana, a Doce* (1926). Nos anos 1930, retornou à prosa curta, gênero no qual é considerado um mestre, publicando em 1933 as histórias de *Kornél Esti*, personagem também presente na coletânea *O olho do mar*, de 1936. Trabalhador versátil e infatigável, que também verteu para o húngaro autores como Shakespeare, Baudelaire, Rilke e Lewis Carroll, Dezsö Kosztolányi faleceu a 3 de novembro de 1936.

SOBRE O TRADUTOR

Ladislao Pedro Szabo nasceu em Buenos Aires, em 1958. Formou--se na Faculdade de Arquitetura e Urbanismo do Mackenzie, onde mais tarde foi professor do curso de arquitetura, e doutorou-se na FAU-USP com a tese "Em busca de uma luz paulistana: a concepção de luz natural no projeto de arquitetos da cidade de São Paulo". Como profissional de arquitetura, especializou-se em projetos de iluminação. Além de *O tradutor cleptomaníaco e outras histórias de Kornél Esti*, publicado originalmente pela Editora 34 em 1996, traduziu também *Divórcio em Buda*, de Sándor Márai (Companhia das Letras, 2003) e foi organizador da coletânea *Hungria 1956... e o muro começa a cair* (Contexto, 2006). Ladislao Szabo faleceu na cidade de São Paulo, em 2007.

Este livro foi composto em Sabon,
pela Bracher & Malta, com CTP da
New Print e impressão da Graphium
em papel Pólen Natural 80 g/m² da
Cia. Suzano de Papel e Celulose para
a Editora 34, em maio de 2024.